T E A T R O A S T U R I A N O

EL TRASGO

COMEDIA DE COSTUMBRES ASTURIANAS,
EN TRES ACTOS, Y EN PROSA, ORIGINAL
DE ELOY F. CARAVERA (PEPE RIVERO)

AVILÉS 1944

fronda
ediciones teatrales

© Fronda ediciones teatrales
e-mail: palominomanuel@uniovi.es

Texto: Eloy Fernández Caravera
Todos los derechos de representación escénica
© herederos de Eloy Fernández Caravera, 2020

ISBN: 978-0-244-87059-1

Dramaturgia Asturiana. Textos rescatados; 33

Colección coordinada y transcripción por:
Manuel Palomino Arjona

Eloy FERNÁNDEZ CARAVERA, *Pepe Rivero*
(Avilés, 1887-1983). Su padre fue el fundador de la
fábrica y almacén de ropa Los Telares, que heredaría
su hijo y regentaría hasta la jubilación, y donde tuvo
vinculación con los caldereros xagós de Miranda.
Desde su infancia, y durante los veranos en el Cueto
de Naveces, fue tomado contacto con el bable de la
comarca avilesina, que quiso enaltecer escribiendo
obras alejadas de las acciones cómicas, rudas o ridícu-
las. Tras realizar los estudios primarios en la Cátedra
de Domingo Álvarez Acebal, y de segunda enseñanza
en la antigua Academia de La Merced, en 1908 empieza a darse a conocer como escritor festivo en prosa y en verso en el periódico *La Voz de Avilés*, fir-
mando como 'Paquito Candil', la revista veraniega *La
Batelera*, siendo asiduo colaborador de la revista anual
El Bollo, heraldo de las tradicionales fiestas de Pascua
avilesinas, donde publica la escena de sainete *¡Caray
con el encarguito!* (1919), comenzando entonces una
prolífica carrera literaria en la que cultiva teatro, novela, relatos, monólogos, poesía e incluso la presenta-
ción de una gira de la cupletista madrileña Paquita
Escribano. Se estrenó teatralmente como actor en
papeles modestos, en la década de los años diez, y
con sus piezas *Los pescadores de caña*, estrenada en el
Teatro Circo Somines, y uno de los primeros ejem-
plos del astracán, a la que siguieron el juguete cómico
Telva (Compañía de Comedias de Nicuesa, 1910),
estrenada en el Teatro Iris, y en la que aparecen por
primera vez los personajes de Pinón y Telva; *El gallo
de la quintana* (Sociedad Sport Club de Avilés, 1912),

estrenada en el Teatro Circo Somines; y *Rosina* (1916), que obtiene el primer premio en el concurso de Teatro Asturiano de la Naturaleza, convocado por el Real Club Náutico de Salinas. En 1919, con motivo de su matrimonio con Luz de Soignie Álvarez, de cuyo matrimonio nacen sus dos hijos, Fernando y Ramón, destruyó todo lo que había escrito, para que sus hijos no se avergonzasen de las tonterías escritas por su padre, retomando la escritura teatral en la década de los años cuarenta. Durante este lapsus de veinte años en los que no escribe nada, lo intenta en el negocio de la panadería, y asiste al fallecimiento en 1927 de su hija, María Luz, sumiéndose en un profundo desconsuelo. Además, durante la revolución de octubre de 1934 su casa, sita en la calle José Manuel Pedregal, resulta incendiada, resultando destruida toda su producción y las fichas de su archivo, que reconstruye con paciencia en su nuevo domicilio, sito en la calle Marqués de Teverga. Regresaría al panorama literario con la publicación, durante más de un año, de novela por entregas *Mayita*, en el periódico *La Voz de Avilés*, a la que sigue otra, también en el periódico local, titulada *La Forastera*. Asimismo, escribe sobre temas de mitología asturiana, y muchos cuentos y poesías, bajo los pseudónimos 'El gaitero de la reserva', 'Xuaco Monielles', 'Loy de la Texera', 'Loy de la Cabornia' o 'El duende de la luneta'.

Tal vez espoleado en 1941 por la convocatoria de los premios de teatro convocados por el diario gijonés *Voluntad* y la Diputación Provincial, y para contribuir al enaltecimiento cualitativo de nuestro

teatro, da inicio a su segunda etapa como dramaturgo, esta vez con el seudónimo 'Pepe Rivero', escribiendo y estrenando *Xuaca la texedora* (1943), que
hace llegar a García Oliveros, *El abeyón o Amores de
segunda flor* (Felipe Villa-Rosario Trabanco, 1943), con
escenografía de Fernando Wés, *El burru del tíu Bernaldo* (José Manuel Rodríguez, 1944), *Después de vieyos,
gaiteros* (José Manuel Rodríguez, 1945), también co-
nocida como *Los Máximos*, y con escenografía de
Fernando Wés, *El chigre de Generosa* (1945), *La sugestión
de Celedonio* (1945), estrenada en 1974 por la Compañía de Donorio García en el Teatro-Casino de Ar-
nao, la comedia infantil *Los desvaríos de doña Sara*
(1947) y *Colasa maquiavélica* (Xana, 1999). Dejo **inédi-
tas** y sin estrenar las obras *Romera* (1944), *El trasgo*
(1944), *El Martón en Bardasquera* (1945), *Lo que el diaño
se llevó*, *La concencia de Buraquinos*, *La cerezal de Balba*, *La
romería de San Bartolomé*, *Cuando la quintana perdió su
ritmo*, *Los homes en carnes: lo que traxo la mar* (Grupo
Xana, 2005), el libreto de zarzuela *En la paz de la aldea*, y monólogos como *La coruxía de Xuaco* (El Comercio, 1976). Ha **publicado** *Telva* (El Comercio,
1910), con prólogo de José de Villalaín, 'El Ameri-
canín de Romadorio', *Rosina* (Sociedad de Autores
Españoles, 1916), *Después de vieyos, gaiteros* (Careaga,
1974), *El burru del tíu Bernaldo* (Careaga, 1975), *El
Abeyón* (Careaga, 1975) y *El chigre de Generosa* (Teatro
Casona, 1997).

    Está considerado como uno de los mejores
comediógrafos asturianos de todos los tiempos, y sus
obras han sido representadas en Europa y América, y

siguen representándose en la actualidad. Su hijo cifra en dieciocho las obras que escribiera Caravera desde los años cuarenta, en una segunda etapa de dramaturgo. En 1976 fue homenajeado, dentro de la II Semana de la Poesía Bable, en 1979 recibió la Sardina de Oro, que anualmente otorga 'Sabugo, ¡Tente Firme!', y al año siguiente la Corporación avilesina puso su nombre a una de las nuevas calles de Avilés, y recibió la Medalla de Plata conmemorativa del primer centenario de la Escuela de Artes y Oficios. Entre 2008-2010 el Seminariu de Filoloxía Asturiana, bajo la dirección de Ramón d'Andrés, y con una subvención del Principado de Asturias, encargó a Xosé Nel Comba y Ana Llaneza el inventario, la catalogación, el registro de las representaciones y la digitalización de su obra completa.

EL TRASGO

ELOY F. CARAVERA

COMEDIA EN TRES ACTOS

AVILÉS, ABRIL DE 1944

PERSONAJES

Fela
Florina
Bárbora
La Zancaya
La Papuda
La Zátara
Fariella
Cefero
Taruco
Don Baldomero
Pañero
Joven

La acción en Asturias. Época actual.

ACTO PRIMERO

Escena Primera

Quintana, compuesta de casa de labradores, corral y hórreo. De foro, paredilla que sirve para limitar la calleja de la quintana. Dicha paredilla, estará truncada en el centro por un portillo practicable; y, sobre su vértice, asomará frondoso arbolado. Es tarde de estío. Al levantarse el telón, Fela, cose en una máquina de acción manual, sentada junto al hórreo. Bajo el corredor de la casa, y sentado a estilo árabe, duerme y ronca groseramente el atrasado mental Fariella. Bárbora, asomará varias veces la cabeza por la puerta de casa, y mirará con impaciencia hacia el portillo, retirándose al poco tiempo malhumorada.

Fela: *(Cantando)*

Pa moces, les de Piniella;
pa mozos, los de Truyés.
Por eso los sus vecinos
se lleven, se lleven bien.

Pero, este mazcayón de Fariella, non ye de Truyés, nin siquiera de los sus alrededores... ¡Hay que ver!... ¡Tá al lao de una moza, y como si tuviera a la de un goxo!... ¡Y decir a Dios que este fato ye la mejor comenencia del pueblo!... ¿Qué mirará Bárbora?... ¿Fáltate algo, chacha?

13

Bárbora: Non.

Fela: ¡Pos, cualquiera diría que tás a la espera de un tío de la Bana!... Con ésta ya son cuatro, les veces que te asomaste... ¿Buscabes por un casual, a Fariella? Mira; si fuera asina, ahí lo tienes... ¡Y durmiendo todavía!

Bárbora: ¡Asina durmiera lo último ese zanguango; y que Dios me perdone, si ye pecao!... Non; ese diaño, non me fái falta. A la que toy esperando, ye a Florina.

Fela: Calla, hom; que perdida, non tará.

Bárbora: Que conoz el camín, ya lo sé... Pero, que ahora mesmo tá faciéndome falta, non puedo negalo tampoco... Tengo que ir a la fonte, y falta a quién dexar el trajín de casa.

Fela: ¡Calla, muyer!; que si ye por eso solo, vóite yo por el agua.

Bárbora: Non, Fela; non quiero que me dexes eso de la mano, que cuerre priesa... Lo que sí podíes facer tú, era quedate al tanto de ésto, por si vienen a preguntar por mí, o por si vienen a buscar algo pa los que tan trabayando la tierra.

Fela: Sí, muyer.

Bárbora: Pos, agradeceríatelo... Porque, de la fonte ésa, sábese cuándo se va; pero, non cuándo se vuelve... Esa condenada de fonte, non echa más que a goteres, y hay siempre a la riestra una de cacíos que mete mióu...

Fela: ¿Por qué non voy quedar, hom? Por eso, non te apures... Si vieniera alguno que quisiera vete, ya i mandaré esperar.

14

Bárbora: Pos, mi neñina, entóncenes, vas faceme ese favor... Y, mira; si por un casual despertara ese zanguanzo, que non marche en sin probar la chaqueta; porque, por él, lo mesmo va a la romería fecho un melandro.

Fela: Déxalo de mi cuenta... Puedes ir descuidada...

Bárbora: Pos, entóncenes, voy... *(Bárbora, entra en casa, para salir al momento con una herrada en la mano. Mientras tanto, Fela, vuelve a cantar)*

> Pa moces, les de Piniella;
> pa mozos, los de Truyés...
> Por eso los sus...

Bárbora: ¡Dios te conserve el humor, Felina!

Fela: Pos, porque tenga por qué tenelo, non será... Ye la condición de cada una... ¡Pa eso, ya quisiera yo tar en el tu pelleyo!

Bárbora: Tien poco que envidiar, non creas.

Fela: Como pa tirar voladores, non será; pero, peor podía ser... Qué comer, non te falta.

Bárbora: Todo, non ye enllenar la barriga, Fela.

Fela: Ya lo sé; pero, si quisieres cambiar, había morrades pa atrocar sitio.

Bárbora: Eso, ye tirar por el reguero enllamorgao, Fela... ¡Ye que non sabes el belén que hay en esta casa! Aquí, cuando non ye uno, ye otro.

Fela: ¡Ay, neña; la felicidá, non ye de este mundo!

Bárbora: Ya lo sé... Completa, non puede habela... Pero, anque nos tocara un puquiñín más en el reparto, non se perdía nada... Ahora; que, por

quexase una, non va venir... ¿Non ye verdá?...
Bueno, Fela; si aparez Florina, que eche mano
a lo que yo dexé entamao.

Fela: Anda; ve tranquila, que yo i lo diré. *(Bárbora,
hace mutis por el portillo)*

Escena II

*(Dichos, menos Bárbora. Al desaparecer aquélla, Fela,
volverá a cantar. Después, la Zancaya, que entra por el
portillo, a instancias de Fela)*

Fela: Pa moces, les de Piniella;
pa mozos, los de Truyés.
Por eso los sus vecinos
se lleven, se lleven bien.

Zancaya: ¿Cosiendo muncho guapo, Felina?

Fela: Cosiendo muncho, sí... Ahora; que, eso de
guapo, habrá que dexalo... Ye un vestiduco pa
ése ir a la romería...

Zancaya: ¿Quién diaño ye ése?

Fela: Entre y mírelo... ¿Non lo ve?... ¡Tá como pa
retratalo!

Zancaya: ¡Ay, si non ye el cuñao de Bárbora!... ¡Muy
guapo se va poner ese zarrapastrón, Felina del
alma!... ¡Ay, mialma si ese día non lo van rifar
les moces!

Fela: Como rifar, rifaránlo; pero, esa rueda de la fortuna, tien trampa; y, ya tá destinao el premio.

Zancaya: Pero, ¿será verdá que va casase con Florina?

Fela: Casaránlo, que son fabes de otra maniega… Ese tontorolo, va pa mande Bárbora.

Zancaya: Pero, ¡muyer!… ¿Va querelo una mociquina tan curiosa?

Fela: ¡Ay, Zancaya!… Les tres cuartes partes de esta casería pesen muncho… Eses, y la casa, que ye toda de Fariella, non les suelta Bárbora asina la afueguen… ¿Pa qué crés que fizo venir a la su hermana pa con ella?… Pos, nada más que pa ver si la enguedeya con el su cuñao. Eso, ya ye sabíu.

Zancaya: Pero, muyer; pa quedase con la su hacienda, non tenía falta de sacreficar a Florina… Conque ese andayón se quedará soltero, ya la tenía.

Fela: Sí; pero… ¿Y si por un casual lo encacica una de afuera?… Non, Bárbora, mira a lo lejos; y, sabe, que xato bien amarráu, non dexa asina como asina la cuadra.

Zancaya: Pero, ¡ven acá, Felina del alma!… ¿Había atrevese alguna en sus cabales a cargar con ese montón de ñarbaso?

Fela: ¡Ay, Zancaya; solo de pintura, non se vive!… Non digo que la que tenga pación abonda, quiera cargar con él… Pero, les que tienen que sudalo, y todo lo ven negro, non lo dudaríen muncho… Trabayo por trabayo, ése, sería más llevadero.

Zancaya: ¡Demonio! Entóncenes; por lo que dices, tamién cargaríes tú...

Fela: ¿Por qué non? ¡Asina pudiera!... Yo, ya toy cansada de andar con el diantre de máquina ésta de quintana en quintana, tenga gracia o non la tenga... Pasar fame, ya pase abonda. Y, de trabayar, non digamos... Y, además; ¡hay que ver les boques que hay en casa, que nunca se ven fartes! ¡Caráino; ser ama de todo ésto, non ye rebañadura de ninguna masera!

Zancaya: Tienes razón... Decíalo por decir... Yo, en tu caso, fairía igual... Pero; oye, ¿a este mastuerzo, gusten i les moces?

Fela: Non sé, hom... Bárbora, da en decir que sí... Diz que, de una temporada acá, tá desconocíu, y teme que i vuele... Por eso fizo venir a Florina; pa ver si la enguedeya...

Zancaya: Pos él, como pinta de mocero, non la tien... ¡Mira pa ahí, qué filitrompa! *(La Zancaya, coge una escoba de 'argaña', y la pasa por la cara de Fariella)*

Fariella: *(Sin despertar)* ¡Aparta, Gaspara!

Zancaya: ¡Demonio, Gaspara!... ¿A ver si ye verdá lo que diz Bárbora?... Non; pos Gaspara, como bigotuda ye, pero tan crespo como la escoba, non lo tien... ¡Mira este poñeflero!... ¡Hay que ver por ónde diaño sabemos ahora de cómo aquella condenada se fizo con la manta que estrenó el otro día!

Fela: Non diga disparates, Zancaya... Ese probín, non se atreve a tanto... Gustarán i les moces, como diz Bárbora; pero, de otro modo… Él, malicia, non tien ninguna… Mire; déxelo en paz, y non lo despabile

Zancaya: ¿Despabilar? ¡Este abadayón, non despierta anque i pongan un barreno tras les oreyes!… ¡Mira qué pinta! ¡Mialma, si non me tá apeteciendo da i una madreñada!…

Fela: Non; déxelo.

Zancaya: Bueno; dexarémoslo, anque me quede con les ganes… Oye, Felina, ¿sabes a lo que venía?

Fela: Non.

Zancaya: ¿Tás comprometida, pa después que acabes con Bárbora?

Fela: Qué coser, non falta. Pero, asina como de apuro, non.

Zancaya: Entóncenes, ¿podrás ir a mi casa?… Quisiera que i os ficieres unos vestiducos a los nietos; porque, los probes, cásiquemente non tienen qué poner; y, asina, non los voy mandar a la fiesta. Ye custión de poco.

Fela: Sí, hom; non siendo muncho, sí… Mire; mañana; o, a todo más en pasáu, acabo aquí.

Zancaya: Entóncenes, ¿puedo contar contigo?

Fela: Home; salvo una desgracia, de la que naide tá libre, sí.

Zancaya: Pos, non sabes lo que me alegro el habete alcontráu aquí, pa dexar eso a un lao… A mí, aborrecíame bien ir a tu casa… Non vaigas a crér, que los vestíus van ser una gran cosa. Son de unes teluques que trixe el llunes de la villa, y que son de poco precio.

Fela: Bueno; de lo que sean. Ya les veré…

Zancaya: Pos, tamién fue buena causolidá el pasar por aquí y vete; asina, aforrásteme una caminada… Bueno; ya non te entretengo más… Mira, Fela; si te convien el mazcayo ése, aprovéchate ahora que non tá Bárbora; porque, a ésa, acabo de alcontrala que iba camín de la fonte… Además, el tutor, si ha de casalo, quedrá que sea con una mociquina de bien; y, asina, ya puede dexar la tutoría, y vivir tranquilo… ¡Mira qué guapo tá, muyer!… ¿Non tá como pa comelo?… Lo peor, será que tea por ahí Florina, y nos oiga…

Fela: Non; Florina, non tá tampoco. Toy de ama.

Zancaya: ¿De ama? Entóncenes, ¿qué esperes pa entamar a encacicalo? Mira; por mí, ya puedes ponete a éllo…

Fela: ¡Qué ganes de fiesta tien, Zancaya!

Zancaya: ¿Por qué, muyer? Ocasión como ésta, non pesques otra… Bueno, neña; que tengas suerte, y acierto. Y, sí algún día logres tirar la máquina ésa, que tanto te estorba, que sea a la mi quintana.

Fela: ¡Sí; espere por ella!

Zancaya: Muyer; de menos nos fizo Dios… Non te digo más… Hasta que tú vaigas por allá…

Fela: Hasta entóncenes… ¡Qué coses tien, Zancaya!

(La Zancaya, hace mutis por el portillo)

Escena III
(Dichos, menos Zancaya)

Fela: Pa moces, les de Piniella;
pa mozos, los de Truyés...
Por eso los sus vecinos
se lleven, se lleven bieeeeeen.

Fariella: *(Despertando sobresaltado)* ¿Non lo viste, Fela?

Fela: ¡Si non vi, qué, Fariella del diaño! ¡Qué susto me diste, condenáu!

Fariella: Ese trasgo que acaba de entrar en casa... ¡Ay, Felina del alma, qué grande era!... Mira; era muncho mayor que Rosendo.

Fela: ¿Qué Rosendo, Fariella?

Fariella: ¿Cuál va ser, hom; el gato de casa?

Fela: ¡Ay, Fariella!... Tú, lleves mal camín; ¡va haber que mandate a les agües!

Fariella: Pero, ¿vas negame lo que acabo de ver?... Mira; blincó po la portiella; dió la vuelta, muy agazapadín, por xunto al hórro; pasó al tu lao; y, por aquí entró a les carreres en casa...

Fela: Y ¿pa qué non lo tornaste?

Fariella: Porque, non me dió tiempo... Mira, como parecer, parecía un gato; pero, con les pates más llargues, y con un rabo como hoy y mañana...

Fela: ¡Tás arreglao!

Fariella: ¡Recontra; voy ver si lo echo de casa! *(Mientras Fela ríe compadecida de los desvaríos de Fariella; éste, coge una hoz, y entra en casa, dispuesto a extermi-*

nar al intruso. Pero, al poco tiempo, vuelve a salir con
el ánimo deprimido, y con gesto de pánico)

Fela: ¿Qué? ¿Ya lo echaste fuera?

Fariella: ¡Recontra! Entovía non... ¿Por ónde andará
la mi cuñada?

Fela: Salió a la fonte.

Fariella: Pos, non la vi marchar.

Fela: ¡Cómo mil diaños la ibes ver, si tabes durmiendo como un cepo!

Fariella: ¡Ay, ye verdá!... ¡Ya non me acordaba!...
¡Qué fato soy!... Y, ¿ónde tará Florina? En casa, tampoco la vi.

Fela: Salió tamién.

Fariella: ¿Y el mi hermano?

Fela: Ese, tará en la tierra, sacando pataques.

Fariella: ¡Contra! Entóncenes; si non tá la mi cuñada;
nin tá el mi hermano; nin tá Florina, non hay
nadie.

Fela: ¡Qué pollín yes, Fariella! Si salieron todos,
¿quién diaño va tar? ¡Como non tea ese trasgo
que dices!

Fariella: Non te rías, non; que tá ése, ye verdá...
Pero yo, a soles en casa, non me atrevo a él...
¿Quiés tú, ir conmigo?

Fela: ¡Taría bueno!

Fariella: ¿Por qué, hom?... Entóncenes, ¿vamos
dexalo quedase allí?... Mira; que si toma apego
a la casa, ya non la dexa... Y, si lo dexamos tar,
¿qué va decir la mi cuñada? Anda; vamos...

Fela: ¡Ca! Con eso, non cuentes... ¿Quiés que venga
Florina, y crea otra cosa?

Fariella: Pero, ¿qué va crér, hom?

Fela: ¡Ah; lo que pueda crér, sabrálo ella! Non; eso, non lo esperes.

Fariella: Pero, en una apurada, ¿qué i importa a Florina?

Fela: ¿Cómo que qué i importa, fato del diaño?... ¡De los demonios, si nunca tal oyí!... Pero, oye, ¿non i va dar más, y vas casate con ella?

Fariella: ¿Casame con ella?.... ¡Jo, jo, jo!... Eso, ye una trola.

Fela: ¿Trola? Entóncenes, ¿pa qué te la traxo Bárbora pa casa?

Fariella: ¡Ay, non salgas por ahí, por Dios! Si la traxo, fue solo pa que ayude a trabayar.

Fela: ¡Qué inocente yes, Fariella del alma! Lo que Florina trabaye en esta casa, que me lo claven aquí... Si tu non tuvieres mejorao, por ser como yes, ¿iba ponétela Bárbora, como quien diz en bandeja, y hasta metiéndotela por el focico?

Fariella: Tás enquivocada; si la traxo, fue pa ayudala.

Fela: ¡Ay, probín! ¡Ya toy viendo que vas cayer como un chino! Que la casa contigo, ye una romería.

Fariella: Non.

Fela: Sí.

Fariella: ¿De veres?... ¡Cóime; espera!... ¡Ahora caigo! Entóncenes, por eso me escamaba a mí, el que siempre la pusiera al mi lao... Oye, Fela... Y, ¿crés tú que si me caso con Florina, quédase Bárbora con todo lo que me pertenez?

Fela: ¡Claro; todo queda en casa, y non sal de la familia.

Fariella: ¡No, recontra!... Pos, entóncenes, non me caso con ella... Yo, non quiero que caiga en manes de Bárbora todo lo que ye mío, que ye muy mala pa mí... Pero, oye, Fela; eso, non debe ser asina; porque, esa rapaza, nunca me dixo nin miga...

Fela: Entóncenes, ¿vas esperar que te lo diga ella?... Lo que quier la tu cuñada ye tenete al lao de Florina, pa que vayáis coyendo confianza; y, lo otro, vendrá después... Además; eses coses, non les dicen elles. Y, si les dicen, non ye con la boca.

Fariella: ¡Eso sí que non te lo créu! Hasta ahora, todes les que dixeron que queríen casase conmigo, con la boca me lo dixeron... Mira; la de Pin de Barboniel; la de la Charchara...

Fela: ¿Miániques se atrevieron? ¡Tás en grande, nin! ¡Como tú, hay pocos!

Fariella: Ye que non te das cuenta de que yo soy poco despabiláu, y que tienen que ser elles les que entamen.

Fela: ¡Si me la doy, sí!... Pero, oye, ¿a eses que te lo dixeron, non les quisiste?

Fariella: Yo, por mí, sí; yo, queríales a todes... Pero, non me dexó Bárbora... En cuantes se enteró de pa qué era a lo que veníen, echóles de la quintana... Porque, mira; les ventajes que tenemos los que somos poco despabiláus, ye que, en lugar de ir nusotros a les quintanes de les moces, son les moces les que vienen a les nuestres.

24

Fela: ¡Mialma, si non táis en grande!… Pero, oye; todes éses, contigo, pierden el tiempo; porque, a tí, tarde o temprano, ha de casate Bárbora con la su hermana, anque tú non quieras. Porque, lo que ye; esta casa, y les tres cuartes partes de la casería, non les dexa ella marchar asina como asina.

Fariella: Non; pos, non lo consigue. Yo, non pico.

Fela: Non tengas cuidáu; que, como non piques con Florina, ya Bárbora te pondrá otra carnada. Ella, la casería, non la suelta.

Fariella: Premero, non me caso.

Fela: Entóncenes, mejor pa ella. Quedándote soltero, a sus manos va.

Fariella: ¿De veres, Felina? ¡Ay, non!; antes que asina sea, tírome a la mar.

Fela: Asina, a ella llega premero.

Fariella: ¡Recontra! ¿Ye verdá? Entóncenes, ¿non hay modo de arreglalo?

Fela: ¡Qué fato yes, Fariella del alma!… ¡Claro que lo hay!… Casándote con una de fuera, ya tá.

Fariella: Entóncenes; si ye que tien que ser asina, tampoco puede ser… Non va dexame Bárbora. En cuantes ve a una moza roncándome, avéntala.

Fela: ¿Y paezte que tá bien eso, siendo tú el amo de casi todo?

Fariella: ¡Qué voy facer! Que non tá bien, ya lo sé; pero, quien manda aquí, ye ella… ¡Si yo fuera un poco más despabiláu y me atreviera a ir por otres quintanes!

Fela: Vete, fato. De la mía, naide te torna.

Fariella: En la tuya, tengo miéo a la perra.

Fela: ¿A la perra? ¡Ay, qué risa!... Entóncenes, ¿vas tener miéo tú ir allí, porque hay una perra; y, les moces, non lo van tener de venir aquí, onde hay tantes? Pero, mira; a la mía, non tengas miéo, que tá amarrada.

Fariella: Pero, téngolo a tu pá, que tará suelto.

Fela: Mi pá, ya sabes que te quier bien.

Fariella: Entóncenes, al tu hermano.

Fela: El mi hermano, si quies, mándolo al tu encuentro.

Fariella: ¿De veres?... Non; non me determino... ¡Probe de mí si se enterara Bárbora!

Fela: ¡Pos, non sabes lo que pierdes!

Fariella: ¿De veres? Entós, tengo que pensalo... Yo, ahora, non toy pa entreteneme en eses fatades... Lo que a mí me trai a mal trayer ahora, ye ese maldito trasgo que acaba de entrar en casa. Yo, allí, non lo dexo; porque, después, non hay quién apare en ella...

Fela: Soñástelo.

Fariella: Pero, ¿cómo mil diaños lo iba soñar, si lo vi, como te toy viendo a ti ahora?

Fela: Pos, soñástelo de medio a medio... ¿Ibes velo tú, que tabes roncando como el barquín de una fragua; y, non yo, que taba despabilada?

Fariella: Pero, ¿mialma, tuve durmiendo?

Fela: Comó tá 'Clavel' en la su perrera.

Fariella: ¡Lo que son les coses! Yo, había xurar que lo viera... ¡Non sabes la molición que me quitaste de enriba!... Entós, si tanto dormí; ¿qué hora será?

Fela: Les tres, ya les dieron.

Fariella: ¿Les tres, ya? ¡Recontra, muncho dormí!... Entóncenes, voy ver si voy soltando el ganao.

Fela: Non puedes marchar ahora... Tienes que esperar un poco, pa probate la chaqueta... Mira; ya non falta más que dái un repaso por este lao.

Fariella: Entóncenes; si ye tan poco, esperaré... ¿Tará guapa?

Fela: Como fecha a la medida. *(Fariella, se desentiende de Fela, y se acerca a la puerta de casa, desde donde mira hacia el interior con gran recelo, como si no estuviera seguro de lo aseverado por Fela. Mientras tanto, ésta, volverá a cantar)*

Pa moces, les de Piniella;
pa mozos, los de Truyés...
por eso los sus vecinos,
se lleven, se lleven bieeeen...

Bueno, anda; ya puedes ir quitando la chaqueta; vamos a probar ésta... ¡Verás que bien te queda!

Fariella: Oye, que non me saque llombo, como la que me fizo la Raitana.

Fela: Non; ésta, va axustate como un calceto... Anda; ve quitando ésa...

Fariella: Non; aquí, non, que voy enfriame. Prébamela en casa...

Fela: ¡Ay; eso sí que non!

Fariella: ¿Tienes miéo al trasgo?

Fela: Non, que trasgo, non lo hay… Pero, ¡yo me entiendo, Fariella! Anda; quítatela, que non te enfríes… ¿Non te das cuenta de la calor que hay?

Fariella: Pero, ¿non toy entresudáu de dormila? Non, aquí, non me la quito, que puedo pillar una polmonía… Y, si la pillo, y me lleva Pateta, todo queda pa Bárbora, como dixiste.

Fela: Pos, como non la prebes aquí, queda sin probar. Yo, de aquí, non me muevo. Conque, piénsalo bien.

Fariella: Bueno, anda; si ye que te empeñes, como quieras… ¿Tiénesme miedo?

Fela: Non; que non lo tengo a naide, pa tenételo a ti. Pero, ye que vese muncho mejor aquí que dentro; y, a lo mejor, salme mal. Ven; anda…

Fariella: ¡Achís!… ¿Ves?… ¡Ya la pesqué!… ¡Consoló Bárbora!

Fela: Ay, ¿pescaríesla, Fariellina?… Non; non, probín… Antes de ponete malo, vamos a probala en casa. *(Los dos hacen mutis por la puerta de casa)*

Escena IV
(El pañero)

(Queda un momento sola la escena. Después, entra en la quintana el Pañero con un paquete de hule al hombro. Éste, vestirá burdamente imitación a marino mer-

cante, y fumará en pipa. En conversación, con otras personas, hablando con acento que él cree que es inglés; pero, que lo mismo puede ser chino, letón, o tamoniego. Camina con desenfado, y se acerca silbando a la puerta de casa)

Pañero: ¿Interesa algún corte de paño inglés para caballero, señora? Ah, ¿que no está el ama? ¿Vendrá pronto?... Sí, sí... Bueno; bueno; esperaré... *(Siéntase tranquilamente en el banco de bajo el corredor, y se entretiene en hurgar la pipa)* Mi madre, ¡cómo se besaban ésos!... Me parece que no fue muy oportuna mi llegada... ¡Saben; saben divertirse por estas aldeas!... ¡Y la chica, era guapa! ¿No sé si será muy airosa mi situación aquí? Pero, si cae un traje, queda bien compensada... Ya van ocho días que no vendo uno, y no hay que desperdiciar la ocasión... De paso, descansaré... Hombre, ¿será éste el amo?

Escena V
(Dicho y Taruco. Éste, entra por el portillo portando una azada)

Taruco: Buen día.
Pañero: No está mal, no señor... ¿Es usted por casualidad el dueño?
Taruco: No señor... Venía sólo a traer esta fesoria que me prestó Bárbora... ¿No estará ahí el ama?

Pañero: No señor; al ama, también yo la estoy esperando... Pero, mire; si viene sólo a traer esa herramienta, vale más que la deje ahí... Hay dentro una parejita, que no les hará mucha gracia el que les interrumpan... ¡Si los viera besarse!

Taruco: Besaránse, besaránse... Pero, eso, que non i choque. Ye la hermana del ama que tá con el prometío... De todes les maneres, si pasa algo, arréglalo la boda, que tá al cayer... ¡Hay que dexalos gozar!... Bueno; entonces, pondré aquí la fesoria...

Pañero: Donde quiera; ya se lo diré al ama... ¿De modo que esos se van a casar?

Taruco: ¡Claro! Y, además, todos son de familia.

Pañero: Entonces, allá ellos... Oiga, paisano; y, ya que entramos en conversación, ¿no le interesaría un buen corte de paño inglés?

Taruco: ¡Home; si ye barato y bueno, lo mismo me da que sea inglés o de San Zabornín... Mal, no me vendría... ¿Tiénlo ahí?... Yo, como entender, non entiendo muncho; eso, tendría que velo la muyer.

Pañero: Por eso, no se apure; vamos adonde usted quiera.

Taruco: Ye allá abaxo. Pero, mire; primero, quiero velo yo. Porque, si non me gusta, pa qué va dar la caminata. *(El Pañero, muy contento, deshace el paquete y empieza a sacar paños)*

Pañero: Muy bien. Como quiera… Mire éste; para usted, es el más apropiado… Fíjese en la clase; lo mejor que salió de las fábricas inglesas.

Taruco: Home; non me parez mal; pero, parez que me gusta más este otro.

Pañero: Sí señor; ése, todavía es mejor que aquél… ¡Mire que bien cae!… ¡Lo mejor que salió de las fábricas inglesas!

Taruco: Pero, ¿non decía que el que mejor saliera, era aquél?

Pañero: Fue una obcecación momentánea… Mire, es éste; lo tenía aquí marcado…

Taruco: Entonces, non puede ser muncha la deferencia; cuando, pa destinguilos, tien que andar marcándolos… Pero, bueno; eso, ye lo de menos, ¿qué pide por él?

Pañero: Éste, me costó allá diez libras.

Taruco: Entonces, ¿fue vendío al peso?

Pañero: No, hombre; es que usted no está enterado. La libra, es una moneda.

Taruco: No vaya a crér que no lo sabía… Era una broma, pa ver cómo contestaba… ¿Usté, ye extranjero?

Pañero: Sí señor… ¿No se fija en lo mal que hablo el idioma de usted?

Taruco: Sí; de eso, ya me había dao cuenta… ¿Are you English?

Pañero: ¡No sé lo que pregunta!

Taruco: Preguntaba si era inglés, o que se lo quier hacer pasar… Pero. ¡cómo lo iba entender, si ye tan inglés como mi güela, que nació en los

Cargüetos! ¿Non ve que, de esa lengua, entiendo yo algo, por haber tao de tabaquero en Tampa?

Pañero: ¡Amigo, me enganchó usted!... Perdóneme; me fingía inglés, para dar más importancia a los paños. Pero, ya veo que me caí como un palomino.

Taruco: Por eso, no se apure. Non tien importancia. El caso, ye que el paño sea barato... ¿Qué pide por él?

Pañero: Hombre; después de lo que pasó, debo de tratarle bien... Ochenta duros.

Taruco: ¿Ochenta duros? Por ochenta duros, compro yo en la villa media docena de trajes ya fechos.

Pañero: Pero, fíjese en que éste, es inglés... Yo, no lo seré; pero, el traje, sí. Y, le advierto que puedo darlo en ese precio, porque fue pasado de contrabando.

Taruco: ¿De contrabando? ¿De cuándo acá hay aduanes entre este pueblo y Tamón? Pero, bueno; eso, ye lo de menos; lo prencipal, ye el precio... ¿Dalo en quince duros?

Pañero: ¡Hombre; eso, es querer engañarme!

Taruco: Non; eso, poco a poco; el que quiso engañame, ye usté... Bueno, ¿quier dalo?

Pañero: Ofrece usted muy poco... Ya dará los cuarenta.

Taruco: Non; eso, que se i quite de la chola... Si lo da en los quince, vamos a que lo vea la muyer.

Pañero: Me dará treinta, siquiera.

Taruco: Non, non lo espere... Y eso, a condición de que i guste a la muyer; porque, si non i gusta a ella, non i doy nin una perrina; porque, luego, pasa la vida roncando.

Pañero: Pues, ¡qué caramba! Me cayó usted simpático, y voy dárselo. ¿Vive muy lejos?

Taruco: Non; ahí a la vera.

Pañero: Pues, vamos allá. *(El Pañero vuelve a rehacer el paquete, bajo la mirada socarrona de Taruco. Después, se dirigen al portillo; pero, antes de llegar a él, aparece Bárbora con la herrada en la cabeza)*

Escena VI

(Dichos, y Bárbora, que entra por el portillo)

Bárbora: Ah, ¿tás ahí, Taruco?

Taruco: Aquí toy... Vine traete la fesoria que me emprestaste ayer; pero, non alcontré a quién entregala... Por poco atrapo a la tu hermana faciendo carantoñes al tu cuñao.

Bárbora: Ah; pero, ¿ya llegó Florina?

Taruco: ¿Que si llegó? Sí, pame que llegó y besó el santo del tu cuñao, como acaba de decime este paisano... ¡Bien supiste preparar la encerrona, condenada!... Les sus partes de la casería, ya non se te escapen.

Bárbora: Pero, ¿ye verdá que los vió besase, paisano?

Pañero: ¿Que si los vi? ¡Mi madre; como si fueran a perder el tren!

Bárbora: ¡Ay, gracies a Dios! ¡Ya era hora! ¡Cuántes moliciones pasé pa que llegaren a entendese!

Taruco: Non; cosa que se te meta a ti entre ceya y ceya, consíguesla... Pa ese respetive, pínteste sola... Bueno, hom; que sea pa bien, y que podáis disfrutala munchos años.

Bárbora: Gracies. Y, que todos los veamos.

Taruco: Bueno; mira; ahí te dexé la fesoria... Munches gracies... Ahora, vas perdoname que me vaya... Voy con este paisano a ver si i gusta a la mi Belarma un corte de traje que tengo medio apalabrao.

Pañero: ¿No necesitará usted alguno, señora?

Bárbora: Pue que necesite un par par déllos, pa cuando se casen los rapaces. Uno, pa el mi home, que irá de padrín; y, otro, pa el novio...

Pañero: ¿Quiere verlos?

Bárbora: Non; ahora, non... Non quiero enterrumpir a los rapaces... Si acaso, cuando tea de vuelta de cá Taruco.

Pañero: Descuide usted, que volveré.

Taruco: ¡Buen día va tener hoy, amigo!

Pañero: No se presenta mal, no. ¿Vamos?

Taruco: Cuando quiera.

Pañero: Pues, hasta luego, señora.

Taruco: Adiós, Bárbora.

Bárbora: Vayan con Dios. *(Taruco y Pañero, hacen mutis por el portillo. Bárbora, sigue muy contenta hacia casa; pero, al no ver a Fela ante la máquina de coser, refrena su euforia, y, su gesto, denota recelo)*

Escena VII

(Bárbora. Después, Fela y Fariella, que salen de casa asustados por las voces de aquélla)

Bárbora: ¡Diaño! ¿Y Fela?... ¡Verás el caray!... ¡Ay, va dame un patatús!... ¡Fela!... ¡¡Fela!!... ¡¡¡Fela!!!...

Fela: ¿Llamabes, Bárbora?

Bárbora: ¿Que si llamaba?... ¿Qué facíes con Fariella en casa?

Fela: Pero, ¿por qué te pones asina, Bárbora? Taba probando i la chaqueta...

Bárbora: ¿Probando i la chaqueta, eh?... ¡En los díes de mi vida si vi ensinvergüenza mayor? ¡Hale! Cueye ahora mesmo todo lo que ye tuyo, y sal de aquí pitando, antes de que yo pose la ferrada...

Fela: Pero, ¿por qué, Bárbora del alma?

Bárbora: ¿Y atréveste a preguntalo, esculibierto? ¿Non pudiste probáila en la quintana?

Fela: Quiso él, porque taba entresudáu de dormir la siesta; y, aquí, acatarrábase...

Bárbora: ¡Y con qué cara de inocentina lo diz!... ¡Hale; hale! Fuera de esta quintana ahora mesmo.

Fariella: Mira, cuñadina... Déxame hablar a mí...

Bárbora: ¡Calla tú, pazguato!

Fariella: Mira; como probar, probóme la chaqueta... Pero, cuando tábamos en ello, oímos en el desván un belén que armaba el trasgo, y fuimos

35

a ver si lo aventábamos… Ella, non quería ir; pero, como yo tenía miedo, compadecióse, y fue conmigo…

Bárbora: ¡Quita pa allá, montón de fueya!… ¡Menudo trasgo tá esta condenada!… ¡Hale, poñeflera; ya tás quitándote de la mi vista! ¡Hale; sal ahora mesmo; que si non, armo la de coyer!

Fela: *(Llorando)* Bueno; saldré… Pero, tú, tás bien enquivocada… Que anduvimos buscando el trasgo, ye verdá.

Fariella: Sí, cuñada, sí… Ya lo viera yo blincar po la portiella; pasar por xunto al hórro, y entrar a les carreres en casa.

Bárbora: ¿A quién vais engañar, probinos? Esa, ye una trola como hoy y mañana… ¡Hale; sal de aquí, raposa! *(Fela, sin dejar de llorar, recoge los utensilios de costura; coloca en la cabeza la máquina, y se dispone a marchar hacia el portillo)*

Fela: ¿Quiés que lleve la chaqueta pa arrematala en casa?

Bárbora: Non. Ya buscaré quién la arremate… A ti, non quiero vete más por esta quintana, nin tener tratos contigo… ¡Pos sí que dexé buena xaramandía al cuidao de la casa!

Fela: Bueno; bueno, marcharé… Pero, todo eso que dixiste de mí, has de tener que decíilo a mi pá. Yo, asina, non me quedo.

Bárbora: Descuida, que non tengo pelos en la lengua… ¡Menuda zurra vas ganar!

Fariella: El culpable, fui yo.

Bárbora: ¡Calla, plasmáu! Si non te me quites delantre, tú tamién, volco la ferrada sobre ti. *(Fela, hace mutis por el portillo, sin dejar de llorar. Bárbora, sigue lanzando improperios, como explosiones de traca. Luego, entra en casa, vuelve a salir sin la ferrada. Fariella, nervioso, toma muchas decisiones; pero, no lleva a cabo ninguna, terminando por pasear por la quintana con las manos en los bolsillos, y soplando como un fuelle)* ¡Fato, y más que fato!... ¿Cómo te dexaste engañar por esa fuina, condenao?

Fariella: ¡Si non me engañó naide, cuñada!... Lo del trasgo, ye verdá... Por el desván andará tovía... ¡Si vilo como te veu a ti!

Bárbora: ¡Calla, Fariellón del demonio!... ¡Había date vergüenza siquiera sacar eso po la boca!... ¿A quién quies engañar?

Fariella: Non te engaño, cuñada.

Bárbora: Bueno, dexa eso ya a un lao... ¿Non vino Florina?

Fariella: Non la vi.

Bárbora: ¡Tamién, esa condenada pudo non habese descuidao tanto!

Fariella: Yo; de eso, tampoco tengo la culpa.

Bárbora: Ya lo sé... Oye...

Fariella: ¿Qué quies, cuñada?

Bárbora: Mira... En metá del prao del Suco, acabo de ver un xergón tirao... ¿Sabrás quién lo dexaría?

Fariella: Non... Pero, entóncenes, ye de poco acá; porque, cuando pasé por allí a medio día, non taba.

Bárbora: Non; como tar, tampoco taba cuando yo pasé pa la fonte... Debieron de dexalo fai un momento... Oye, ¿quies ir buscalo, por si paez quién lo dexó? Yo, con él, non puedo...

Fariella: ¡Home; si tú lo mandes, iré!... Pero, cuando allí lo dexaron, por algo será... Un xergón, non cai a uno sin notalo...

Bárbora: Ya sé que por alguna razón tará allí... Pero, tando onde tá, pueden desfacelo los rapazinos, o comelo les vaques. Yo, lo que tú, iba buscalo.

Fariella: Por mí, que non quede... ¿Quies que vaya?

Bárbora: Sí, anda; y, póseslo baxo el hórro... A lo mejor, ye que lo robó alguno, y tirólo allí al ve- se sorprendíu.

Fariella: ¿Comprometerános?

Bárbora: ¡Qué va comprometer! ¡Si ye facer favor al amo! Cuando vengan por él, ahí lo tienen. Con dáyoslo, ya tá.

Fariella: Tará todo estropiáu.

Bárbora: Non; tá casi nuevo... Tuve palpándolo yo, y non tien nin un mal furaco... Como valir, val lo menos vente pesos.

Fariella: ¿Vente pesos? ¡Ay, non!; pos, entóncenes, voy por él. *(Mutis de Fariella por el portillo)*

Escena VIII

(Bárbora. Ésta, para hacer tiempo, va recogiendo lo que dejó la costurera y colocándolo en el banco de bajo el corredor)

38

Bárbora: ¡Tamién ye ocurrencia dexar un xergón en metá del prao!... ¿De quién diaño será?... ¡Non! Yo, quiero pensar en otres coses; pero, non lo consigo... ¡Qué diaño me importa a mí el xergón ése!... ¡Poñeflera Feluca!... ¡Si non fuera el resultáu que puede trayer, era pa reíse!... ¡Mira, que querer engañame a mí con un trasgo!... ¡Bien me la furtió la condenada!... ¡Qué mala aición!... ¡Y qué cara ponía de mírame y non me toques!... ¡Hay que ver; que si ahora hay que casala con ese pazguato, déxanos al sereno!... ¡Si pudiera dar gusto al genio, lo mesmo la afogaba!... Porque, dexala al cuidao de la casa; y, quedase con ella, eso, non se ve todos los díes... Y, mirándolo bien, la mi hermana, tienlo merecíu; por andar por ahí a lo que non i importa... ¡Si solo saliera perdiendo ella, merecíalo por boba!... ¿Cómo pudo habelo engancháo Florina?... Bueno; ya se verá cómo se torna la arroyada... Fela, asina como asina, non va llevar esto... ¿A quién buscaré ahora, pa arrematar la ropa de ese pazguato pa el domingo?... ¡Bueno; al allá él; si quier ir a la romería, que vaya en faldetes!... Ya bien ahí con el xergón... ¡Y, mialma, lo trai a recostines!

Escena IX

(Bárbora y Fariella. Éste entra por el portillo con el jergón, y lo deja caer junto al hórreo. El jergón, estará enrollado, y sujeto con una cuerda de esparto)

Fariella: ¡Consolé, que llegué! ¡Qué mala carga facía! Sí, cuñada; tienes razón; tá cásique nuevo.

Bárbora: ¿Non te lo decía yo? ¿Non ves qué guapo ye? ¿Non era una llástima que lo estropiara la rapacería?... ¿De quién diaño será?

Fariella: Non sé, hom... Por allí, non vi a naide... *(Mientras Bárbora y Fariella lo contemplan, entra la Papuda corriendo por el portillo, y como si acabara de ver al demonio)*

Escena X
(Dichos y Papuda)

Papuda: Pero, ¿qué traxiste ahí, Fariella de los mis pecáus?... ¿Cómo te atreviste a traer ese xergón pa aquí?

Bárbora: ¿Era tuyo acaso?

Papuda: ¡Non lo quiera Dios!

Bárbora: Pero, entóncenes, ¿por qué non lo iba trayer? Taba en prao, y podía estropiase. La que lo mandó a buscalo, fui yo. ¿Hay algún mal en ello? Cuando parezca el amo, que lo lleve, y en paz...

Papuda: ¡Pos, mialma, que la ficisteis buena, anda!...
Pero, ¿non visteis a la Remueya tiralo, y echar a
correr dando voces?... ¡Si tien un trasgo dentro, Bárbora del diaño!

Bárbora: Serán dos, Papuda.

Papuda: ¡Júrotelo!

Fariella: ¿Qué dices, Papuda? ¿Otro? ¡Ay, mi má,
que dame mal! Esperái, que voy po la foz...
*(Bárbora, desata el jergón, mientras la Papuda y Farie-
lla toman posiciones para la caza de trasgo)*

Bárbora: ¿Tú, vístelo, Papuda?

Papuda: Non.

Bárbora: Pos yo, tampoco.

Papuda: Pero, entóncenes, ¿dónde diaño se metió?
¡Ay; si fue pa mi casa, vuélvome lloca!

Fariella: ¡A que fue el que yo vi entrar en casa!...
¿Créslo ahora, Bárbora?

Papuda: ¿Entró aquí? ¡Ay, gracies a Dios que non
fue pa la mía! ¡Dexáime alendar!

Fariella: ¿Alégreste, condenada?

Bárbora: Vusotros, ¿queréis gozala a costa mía? Pos,
¡miániques que toy ahora pa ello!... Mirái; dexáime; toy tan apolmonada, que si me arrimen
una cerilla, ardo...

Papuda: ¡Ay, Bárbora; non sabes lo que dices!... Si
ese trasgo entró aquí, mal vecín echasteis.

Bárbora: Bueno, mejor; si se metió, que se metiera.
Dexáime en paz. Todo eso de trasgos, ye cuento.

Papuda: ¡Non tás tú mal cuento, Bárbora del alma!... Mira, neña; venía yo del molín, fai un

migayo, cuando alcontréme con la Remueya ahí
onde taba el xergón. Llevábalo ella en la cabeza, y paréla, preguntando i: "¿Ónde vas con ese
xergón, chacha? Y, contestóme: "¿Ónde voy ir,
Papuda del alma? Tuve que dexar la casa onde
vivía por la mor de un trasgo que non me
dexaba en paz. Todo me lo enredaba. Matába-
me el candil, cuando más falta me facía la luz;
desfacíame el moño; soltábame el refaxo; mec-
íame les madreñes; dábame vuelta a los pucheros... Non me dexaba cosa con cosa... Cansada de aguantalo, dexé la casa aquella... Ay;
ahora que voy veme libre dél, voy tar en la gloria." Entós, voy yo, y pregunté i "¿Y por eso te
mudes?" Y, antes de ella poder contestame, salió una voz de dientro del xergón, que dixo en
tono aflatao: "Sí, hom; mudámonos"... Mira,
la Remueya, al oílo, quedó embazada; y, des-
púes, dixo: "Pero, ¿vas ahí, condenáu? Y, va; y,
tiró el xergón, y echó a les carreres dando voces y glayidos... Yo, quedé plasmada; pero,
luego, corrí a casa, y entamé a cerrar puertes y
ventanes, non fuera metéseme allí. Si acierta a
entrar, muerro de un torozón. Después,
quedéme tras los cristales asestando pa ónde ti-
raba el condenáo. Yo, non lo vi salir del
xergón, y creí, que tovía taba en él. Asina, que
cuando vi a Fariella ir a cargar con el xergón,
entamé a dar voces y xiblíos, pa que lo dexara;
pero, fízose el desentendíu... ¿Non me oíste,
Fariella del demonio?

Fareilla: Yo, como oyir, oyí que me llamaben. Pero, non fice caso. Creí que era pa meteme miéu.

Papuda: Pos, ¡ficísteisla buena, anda! Y, ahora, ¿quién ye el guapo que lo saca de casa?

Bárbora: Pero, vusotros, ¿táis llocos todos, o queréis fáceme a mí?

Papuda: ¿Llocos, eh?... ¡Ya se verá quién ye el que tá!

TELÓN

ACTO SEGUNDO

Escena primera

Cocina de casa aldeana, alumbrada por luz artificial. El fogón, estará adosado a la pared del foro. La campana de la chimenea, tendrá repisa en el alero, donde habrá cacharros propios del lugar. Uno de éstos, será un puchero, destinado al sacrificio, y colocado de modo que pueda caer en momento oportuno. Puertas a derecha e izquierda, ambas practicables. Una de éstas, simulará abrir a la quintana; y, la otra, al interior de casa. Bárbora, preparará la cena. Florina, abatida y llorosa, mondará patatas. Ésta, conviene que sea de carácter ingenuo, y parezca espiritual, para que haga contraste con su acción de final de acto. Fariella, sentado en el suelo, dormirá en la forma acostumbrada. Cefero, ordena sobeos que aparecen grandemente enredados. Al levantarse el telón, ladrará un perro en la quintana.

Bárbora: ¿Qué i pasará a 'Clavel'?

Cefero: Algún paisano que pasará po la caleya... ¡Non; el perro ése, como guardar, guarda bien la casa!... Pa eso, val cuanto pesa.

Bárbora: Y menos mal que non lo oy Fariella; porque, sinon, había creer que andaba por ahí el trasgo que diz que vió.

Florina: *(Muy nerviosa)* Y, ¿por qué non puede ser? Con él, hay que contar...

Bárbora: ¡Dexa al trasgo ése en paz, que ya dio abondo qué facer, y buenos disgustos. Eso, son

45

habladuríes de la xente. Todo eso de trasgos, ye cuento.

Cefero: Non hables tan a la lixera, Bárbora... Y, tú, Florina; si ye verdá que el trasgo ése entró, ya non sal de casa, como non la esconxuren. Y, por lo tanto, non ye a lo que ladra el perro... Lo que sí puede que fuera él, fue el que me enrodielló estos sobeos, que non hay quién los desenrodielle... ¡Pos non i os dieron poques vueltes, en gracia de Dios!

Bárbora: ¡Cefero; non eches tú tamién vericio a la foguera! ¡Mira; mira, que ya tien abondo que quemar!

Cefero: Entós, ¿quién diaño me los enrodielló? ¿Fui yo acaso?

Bárbora: Sería el demonio... Pero, dexar a los trasgos, que son a otres coses a les que hay que tener miedo... Oye, Florina, ¿viste el cuchillo mazquetáu?

Florina: Hoy, non lo coyí pa nada... En toda la tarde, non vi más que éste...

Bárbora: ¿Ónde demonio tará?

Cefero: Esconderíalo el trasgo.

Bárbora: ¿Otra vez, Cefero?... ¿Parezte que toy poco apolmonada, o ye que tienes ganes de fiesta? ¡Pos, yo, non tengo miga!

Cefero: ¡Non te salgas de la carril, Bárbora!... Si ye verdá que entró, tien que entamar a facer de les suyes. Con él, hay que contar desde hoy...

Bárbora: ¡Non vuelvas a sacar ese cuento po la boca!; porque, cada vez que vos lo oigo, apetezme dar con les trébedes a ese zanguango que lo inventó.

Florina: Con pegar a a Fariella, non lo eches de casa, Bárbora. Él, si lo vió, fizo bien en decilo. Y, si quiso espantalo, fue mirando po la casa. El trasgo, buen vecín, ya sabes que non ye.

Cefero: ¡Sí; cayónos bona comenencia!

Bárbora: Pero, ¿tovía seguís dale que dale?... La comenencia, fue la que aprovechó la llagarta de la costurera pa encacicar a ese zanguango como si fuera un estornín... ¡Eso sí que fue lo que traxo el trasgo a esta casa!... ¡Ay, qué boba fuiste, Florina del alma!... ¡Dexate ganar la delantera por aquel melandro!... ¡Con les ocasiones que tuviste a mano, y que yo tantes veces te preparé!

Florina: ¡Facíaseme muy cuesta arriba, Bárbora! ¡Yo, non valgo pa eso!... ¡Tú, ¿sabes lo que ye xuncise pa toda la vida con un home como ése?

Bárbora: ¡Anda, pazguata!... ¡Puede que creas que ye mejor ese monicaco con quien andes por ahí!

Florina: ¡Claro que lo ye!

Bárbora: ¿Tovía te atreves a defendelo?... ¿Lleva ése tras sí, esta casa, y les tres cuartes partes de la hacienda, como lleva el mi cuñao?

Florina: Eso, ya lo llevaba cuando, entre los dos hermanos, escoyiste a Cefero.

Cefero: ¡Eh, poco a poco!... Vusotres, decir lo que queráis; pero, a mí, dexaime en paz... ¡Bastante tengo con qué entreteneme con desenrodiellar estos sobeos!

47

Bárbora: ¡Déxala; déxala que diga!... Anda; sigue...

Florina: Non; sinón iba a decite nada... Decía, que todo eso que dices que lleva Fariella, ya lo llevaba cuando escoyiste al hermano. Pero, por si acaso, non lo tuviste en cuenta... ¡Claro; Cefero, non ye fato como Fariella, y ye mejor mozo!

Cefero: Gracies, cuñada.

Florina: Ye la verdá.

Bárbora: ¡Puede que creas que tapésteme la boca con eso!... Pos, esto, non ye pa tomalo a risa... Yo, si lo fice asina, fue con su cuenta y razón. Si escoyí a Cefero, ye porque iba a llevar al hermano con él, y toda la casería quedaba en nuestres manes... Si hubiera sabíu que iba llegar el día en que ese zanguango iba querer volar tras unes faldes, ya apencaría con él...

Cefero: Tovía tás a tiempo, costiella.

Bárbora: Non lo toy, non.

Florina: ¡Sí; tú, todo eso, díceslo después que blincaste el río, y tás muy guapamente en la vera de allá... Y, lo que tú quies ahora, ye que sea yo la que me mueye les pates.

Bárbora: Tú, retrucona, siempre lo fuiste, anque todo lo fais con caruca de mosquina muerta... Pero, ¡he de cortate yo les ales!.... ¡O dexo de llamame Bárbora; o, tarde o temprano, has de casate con Fariella!... Como yo te vea otra vez con el monicaco aquél con el que anduviste hoy; y, por el que tanto te retrasaste en llegar a casa, afuégote... El mal que traxo el trasgo, ahí tá; y, non en otra cosa... Conque, ya puedes ir

48

dando i soleta al rapaz ése, y preparando el anzuelo pa pescar al pixapo éste... La casería, non puede salir de nuestres manes...

Cefero: ¡Ay, Bárbora; tú, siempre fuiste muy filarmónica!

Bárbora: ¡Mejor! ¿Fuete mal con eso?

Cefero: ¡Home, yo, non tengo quexa!

Florina: Non me determino, Bárbora... Non me determino... Mátame si quies, o mándame pa mi casa; pero, yo, a eso, non me determino.

Bárbora: *(Humanizándose)* Pero, tú, ¿consultástelo bien con la almohada, Florina?

Florina: Consultélo con el corazón, que ye mejor consejero.

Bárbora: ¡El corazón! ¡El corazón!... ¡Música ratonera!... Con el corazón, non se come... *(Encolerizándose de nuevo)* ¡Bueno; yo, lo que te digo, ye que non quiero vete más con ese moninaco!

Florina: Tá bien.

Bárbora: ¡Claro que lo tá!... *(Volviendo a la suavidad)* Pero, mira; non te atristayes tanto por eso; la casa, non ye pa tanto... Perdóname el que antes me fuera de la mano; y, ahora, de la lengua... Todo era en favor tuyo... ¡Míralo, muyer!... ¡Tan malo, non ye!... Y, mirándolo asina, de soslayo, hasta tien gracia.

Florina: Tendrála.

Bárbora: ¡Claro que la tien!... ¿Non lo ves?... ¿Qué?... ¿Fairásme caso?

Florina: Pensarélo.

Bárbora: Eso, ye otra cosa... Sí, boba; porque, tú, tienes muncho adelantáo... Tás en casa con él; y, con una fiestuca de nada, engáñeslo como a un charchar... Mira, Florira; ahora, la custión, ye que non se embizque con Fela... Con cualquier veyura que i faigas tú, olvídala... Después, Dios dirá... Puede que con el tiempo lo pienses mejor, y vuelvas al buen camín... ¡Habría que ver, si por esos melindres de neña pazguata, tuviéramos que ir dándoles y apañándoles por ahí, con lo bien que se está en esta casa!... ¿Qué dices?

Florina: Ya veré.

Bárbora: Asina quiero vete, hermana... Bueno; piénsalo bien, que non quiero amolicionate más.

Cefero: Pos, si te paez poco, entorna la puerta.

Bárbora: ¡Calla, tú, Cefero!... Non me la ayudes más; que, pa encabritase, abasta ella... Bueno, Florina; ahora, asosiégate, y descansa; que, mañana, será otro día... Pero, a todo esto, ¿ónde mil diaños tará ese cuchillo?

Florina: ¿Quies éste?

Bárbora: Non, que tien que aparecer el otro; la tierra, non lo iba comer... ¿Tará por ahí, Cefero?

Cefero: Non; por aquí, non tá.

Florina: Espera; voy ver si te lo alcuentro... *(Todos se dedican a buscar afanosos el cuchillo. Después de unos momentos de infructuosa búsqueda, cae de la chimenea el cacharro preparado para este fin, dejándolos petrificados. Con el estrépito del choque, despierta sobresaltado Fariella, poniéndose súbitamente en pie)*

50

Cefero: ¿Convénceste ahora, Bárbora?

Bárbora: ¿De qué voy convenceme, Cefero de los mis pecáus?... ¿Tamién tú quies acabar conmigo? ¡Pos, buena toy yo, pa estes músiques!... ¿Qué crés que fue?

Cefero: ¡Qué va ser, Bárbora del alma! ¡El trasgo!

Bárbora: ¡Non tás tú mal trasgo!... Y, ¿por qué iba ser el trasgo, y non porque tuviera mal colocáo?

Cefero: Y, ¿por qué iba tar mal colocao, y non ser el trasgo?

Bárbora: Porque, los trasgos, non los hay; y, los descuidos, sí.

Cefero: A ver, Fariella; contesta tú a ésto... Tú, que lo viste, podrás dar razón.

Fariella: Espera un puquiñín, a que pueda alendar...

Florina: ¡Ay, mi má; qué susto llevé yo tamién!

Fariella: Y, ¿atréveste a negalo, cuñada?... ¿No lo vi yo?... Y, después, ¿non vino a concordar con el que llevaba la Remueya en xergón?... ¿Non entró en casa al puquiñín de dexalo aquélla en prao?... Y aquél, ¿non decía la Papuda, que era, enredoso tamién?... Pos, siendo el mesmo, aquí, tien que seguir faciendo de les suyes; les mañes, non les pierden... Non; que ye el mesmo, non hay que dudalo... A ese revolvín, hay que temelo... Yo, po lo pronto, non voy pa la cama en sin este cuchillo...

Bárbora: Ah, ¿teníeslo tú, condenáu?... ¡Habíamos de alcontralo bien!... ¡Trai pa acá, zanguango

del demonio!... ¿Qué decís ahora a eso?...
¿Non decíeis que lo había escondíu el trasgo?

Florina: Entós, a lo mejor, tampoco fue el trasgo, el que tiró el puchero... ¡Ay, qué susto tenía, mi má del alma!

Fariella: ¡Sí fue!

Bárbora: ¡Voy date una!

Cefero: ¡Non sé, hom!... ¡Cualquiera sabe qué fue!... Yo, como ver, nunca un trasgo vi; pero, todos dicen que ye mala vecindá. Asina, que nin aseguro, nin niego... Lo mejor, será que esperemos un puquiñín más, a ver si da razón de vida... ¿Enrodiellásteme tú estos sobeos, Fariella?

Fariella: Non.

Cefero: Pos, entóncenes, fue el trasgo.

Bárbora: ¡Qué chanfáina tienes, Cefero! *(Recobrados los ánimos, reanudan sus respectivas tareas; incluso, Fariella, que se dispone a recobrar el sueño)*

Florina: ¿Tás seguro de que lo viste entrar, Fariella?

Fariella: ¿Non lo voy tar, Florina? ¡Tan seguro como ahora te veo a ti!... ¡Si lo vieres blincar en busca de la puerta!

Florina: ¿Ónde iría metese?

Fariella: Non sé, hom... A lo mejor; al vese al descubierto por tirar el puchero, volvió a guardase en el desván.

Bárbora: Si ye asina, ¿pa que non vas echalo de casa? Eso, sería mejor, que tanto dormila... ¡El diaño me lleve, si non vas sacar pitinos

Fariella: Non vaigas a creer; iría de bona gana. Pero, solo, tengo miéo.

Bárbora: Ve con él, Florina.

Florina: ¡Ca! Tamién yo lo tengo. A les coses del otro mundo, hay que respetales... Tú, ¿sabes lo que dices, hermana? ¡Cualquiera diría que yes boba!

Bárbora: ¿Boba por eso? ¡Ay, nunca tal oyí!

Florina: Sí, boba; y, muncho.

Fariella: ¿Quies venir tú, Cefero?

Cefero: A mí, non me quita el sueño el diaño ése... Yo, pa entreteneme, ya tengo bastante con desenrodiellar estos sobeos.

Fariella: Entóncenes, ¿vienes tú, Bárbora?

Bárbora: ¡Ay, mala centella te mate, zanguangón!... ¿A qué quiés que vaya yo, pazguato?

Cefero: ¡Eso sí que taría bueno!

Fariella: ¡Home, non sé, hom!... ¡A ver si lo echamos de casa!... ¿A qué iba ser? Entós, ¿non vien naide?... Pos, mialma que ye una bona llástima el dexalo facese vecín nuestro, asina como asina. Cuanto más lo dexemos tar en casa, más trabayo va costar el echalo fuera.

Bárbora: ¿Por qué non vas con él, Florina?

Florina: Ya dixe que tengo miéo.

Bárbora: Pazguata; y, más que pazguata; y, nunca me cansaré de llamate pazguata... ¡Había tar yo en el tu pelleyo!... ¡Mira cómo se atrevió aquella condenada de Feluca la costurera!

Cefero: ¡Non sé si fais mal, Bárbora!

Bárbora: Non metas tú la cuyar, Cefero; que sé ónde voy...

Cefero: Non; eso, tamién yo.

Fariella: ¡Anda, bobina!... Mira; yo, llevo la foz; y, tú, el candil. Y, si logramos velo, ya enredó lo último.

Florina: Non me determino, Fariella. *(Bárbora, en impetuoso impulso, coge un candil de la chimenea, y lo enciende en la lámpara que alumbra, o en el fogón de la cocina. Después, lo entrega a Florina con resolución imperativa)*

Bárbora: Toma. Ve...

Florina: ¡Non me atrevo!

Bárbora: ¡Non me enrites, que voy cegame otra vez!... ¡¡Ve!!

Florina: ¡Non!

Fariella: Anda, bobina.

Bárbora: ¿Vas, o non vas?

Florina: Bueno; iré... ¡Qué se va facer!

Fariella: Espera, que voy coyer la foz... Bueno, anda; ya tá. Cuando quieras... *(Florina y Fariella, hacen mutis por la puerta que da al interior. Aquélla, con gran desconsuelo. Éste, alborozado)*

Escena II
(Bárbora y Cefero)

Cefero: ¡Ay, Bárbora; vas pescate los deos! Yo, lo que tú, non la obligaba...

Bárbora: Pero, ¿voy dexar que nos marche la casería, asina, tan a lo bobo?... ¡Non; o, poco he de poder; o, ésa, non se me escapa!

Cefero: Pero, tú, ¿sabes lo que arriesgues en el negocio?

Bárbora: Y tú, ¿sabes lo que val la casería?

Cefero: Yo, non sé lo que valdrá... Lo que sí sé, ye que fais mal. Y, yo; por consentilo, tamién. Eso, ye demasiáu.

Bárbora: Mira, Cefero; todos esos melindres, son muy guapos pa salir en los papeles. Pero, si vamos ser tan remiráus, quedamos sin casería.

Cefero: ¡Ay, Bárbora; tú, tás tocada del demonio! *(Se oyen gritos en el interior, que dejan en suspenso a Bárbora y Cefero. Al poco tiempo, aparecen por donde habían hecho mutis, Florina y Fariella, con el pánico retratado en el rostro. Florina, trae el candil apagado; y, Fariella, llega con la hoz puesta en posición de guardia)*

Escena III

Bárbora: ¿Qué pasó?

Fariella: ¡Ay, qué miéo!

Florina: ¡Ay, qué dame mal!... ¡Dexaime sentar, por Dios!... ¡Ay, qué susto!

Cefero: Pero, ¿qué alcontraisteis?

Florina: ¡Al trasgo!

Cefero: ¡A ver, a ver!... Explícate...

Florina: Cuéntailo tú, Fariella; que, yo, non puedo alendar...

Bárbora: ¿Será verdá, Cefero?

Cefero: Ahora veremos...

Fariella: Veréis; nusotros, íbamos tan tranquilos, y como non quier la cosa... Pero, al pasar xunto al cuarto de Florina, alguno nos mató el candil.

Bárbora: ¿Será cosa, Cefero?

Cefero: Paez que ya te vas convenciendo, ¿eh?... Sí; yo, siempre oyí, que eso de matar los candiles, ye una de les coses que más i os gusta a los trasgos... Pero, ¡non sé, hom!... ¿Había de tener tan poca vergüenza, atrevese a eso, con el poco tiempo que lleva en casa?

Fariella: ¿Non dixo la Papuda que era muy artero?

Bárbora: ¡Ay, mal rayo lo parta! Si ye asina, ¡vaya comenencia que se nos metió en casa!

Cefero: Pos, habrá que facese a él. Ése, po la fuerza, non se va. Habrá que buscar la esconxuradora.

Bárbora: Mañana, a primera hora, voy avisar a la Zátara. Yo, aquí, non lo quiero. Ya non toy pa estos sustos... ¡Y yo que creía que eren feguraciones de Fariella!... Pero, ¿vísteislo, o non lo visteis?

Florina: Yo, non vi nada.

Fariella: Yo, como iba detrás de ésta, tampoco; pero, sentí el soplío. A mí; lo único que me dio tiempo, fue a dar un fozazo en la escuridá...

Florina: Sí; y, que a poques me lo das a mí. Non faltó casi nada pa llevame la mano onde tenía el candil.

Bárbora: ¡Ay, si non me dexáis fata; con esa noticia!... ¡Pos sí que ya tenemos con qué divertinos!... Espera, Florina; tú, tás muy asustada... Espera un puquiñín, que voy facete una taza de tila... *(Bárbora, abre el bajo del platero, y lanza un grito)*

Cefero: ¿Qué pasa?

Bárbora: ¡Qué tá aquí!

Cefero: ¿El qué?

Bárbora: ¡El trasgo!

Cefero: ¡Pame que ahora vamos ver trasgos en todos los láus! ¿Ónde tá?

Bárbora: Taba aquí.

Cefero: Pero, tú, ¿vístelo?

Bárbora: Velo, non; pero, parecióme velo blincar por enriba de los pucheros. Mira, dexóme destapáu éste de la mantega.

Cefero: Non; ése, non fue él. Ese destapélo yo antes, cuando fui buscar con qué engrasar los sobeos...

Bárbora: ¿Tás seguro?

Cefero: ¿Non lo voy tar? Lo que pasa, que hasta los deos van parecenos huéspedes de ahora en adelante... ¿Yes tú la que non creíes en él?... Mira; puedes xuntate a ésos, que tovía tán con la boca abierta...

Bárbora: ¡Ay; si ésto va ser asina, va ser el non vivir!... *(Bárbora, ya más tranquila, se dispone a seguir preparando la tila. Fariella, vuelve a sentarse, y queda dormido, casi sin transición. Florina, reanuda su tarea de mondar patatas; pero, mostrará gran preocupación y* *nerviosismo. Y, Cefero, vuelve a sus sobeos. Después de un momento de silencio, se vuelve a oír ladrar al perro, dejándolos a todos en suspenso; menos, a Fariella, que roncará groseramente)*

Florina: ¿Quién andará por ahí otra vez?

Cefero: Será el de antes.

Bárbora: ¡Pos ya podía pasiar por otro lao!

Florina: ¿Non será el trasgo?

Bárbora: ¡Home; ése, non puede tar en todos los laos! *(Se oyen unos golpes en la puerta que da acceso a la quintana)*

Florina: Ay, ¿quién será?

Bárbora: ¡Ceferín de mi alma, con munchos sustos asina, quedes viudo!

Cefero: Non será pa tanto, Bárbora... Ésta, debe ser otra xugarreta del trasgo. Ya decía yo que hay que ir faciéndose a él... ¡Pos, sí que lo toma con gracia el condenáo! ¡Nin que trabayara a destayo!

Bárbora: Entóncenes, ¿non abres?

Cefero: ¡Qué voy abrir, Bárbora! ¿Quiés que i faiga el xuego?

Florina: Pero, ¿non llamará una persona de verdá?

Cefero: Pero, ¿quién va venir a estes hores por aquí, y subiendo a estos vericuetos? Tú, ¿crés que hay bobos por el mundo? *(Nuevos golpes)*

Bárbora: Ah; pos, sí; llamen.

Cefero: ¡Resondio! ¿Será cosa?... ¿Quién diaño tará por ahí, a estes hores?... ¿Quién?

Voz en la quintana: Abre; que, soy yo.

Bárbora: ¿Conóceslo po la voz?

Cefero: Non.

Florina: ¡Non abras!

Cefero: ¡Cómo non voy abrir, rapaza! El que vien hasta aquí, ye pa algo... Aquí, tamos pa servir al que sea... A lo mejor, ye algún probe que vien a pedir posada. Los trapos, non contesten... *(Cefero, abre la puerta, con recelo y curiosidad, por la que entra Caxina, con gesto de circunstancias)*

Escena IV
(Dichos, y Caxina)

Caxina: A les buenes noches.

Cefero: ¿Yes tú, Caxina? ¿Cómo por aquí, a estes hores? ¿Hay novedá? Anda y siéntate...

Caxina: El saludo, ye pa todos, ¿eh? Por ese mesmo caso.

Bárbora y Florina: Buenes noches.

Caxina: Bueno; eso, tá bien... Non, Cefero; non me siento, porque voy marchar deseguida... Mira, Cefero; tú, yes un amigo leal, y vas dispensame un momento... Yo, venía a un asunto un poco delicáo, y vas perdoname el haber venío a estes hores. Por ese mesmo caso... Pero, una fía, ye una fía; y, por muncho que queramos inoralo, la fía, será siempre fía. Por ese mesmo caso. ¿Vusotros, comprendeime?... ¡Pos, si me comprendéis, pa qué voy decir más!

Cefero: Tú, ¿entendístelo, Bárbora?

Bárbora: Sí; muncho bien... Mira, Florina; sigue tú aquí hasta que fierva el agua de este cazo... Sí, Caxina; entendílo muncho bien... Pero, cuando la fía de uno, ye una fía asina, esa fía, non ye fía de uno... ¿Entendístelo tú tamién?

Caxina: Mira, Bárbora; has de respetámela, porque, ye de la familia. Por ese mesmo caso. Y, ten en cuenta, que yo, vengo en son de paz, y non quiero custiones... Asina, que non te pongas en xarres, que non hay por qué... Por ese mesmo caso.

Bárbora: Pero, tú, ¿sabes el estropicio que fizo la tu fía en esta casa, Caxina del alma?

Caxina: Si non fue más que lo que ella me dixo, non fue muncho... Nin fue como pa yo mandala a coyer oriégano al monte, nin tampoco pa que tú me la echares de casa, como la echaste... Por ese mesmo caso... Porque, si vamos a miralo bien, ella, fízolo creyendo facer favor; ya que un trasgo en casa, ye mala compañía... ¿pido bien, Cefero?

Cefero: Pídeslo... Pero, diríxete a la mi muyer, que ye la que tá en autos.

Caxina: Dirixeréme... Mira, Bárbora; el nombre de una fía, ye muy delicao... ¿Comprendes?... Y, como ye muy delicao, hay que ponéi una cantesa antes de que acabe de abrise la madreña. Por ese mesmo caso... y a eso venía ahora. Vusotros, tener en cuenta que ya dicen por ahí, esto, y lo otro, y lo de más allá... Y, este boliche, hay que arrincalo de raíz de la tierra, porque toda la aplaga. Por ese mesmo casso. El crédito de la fía, pierde de por ir de boca en boca. Por ese mesmo caso.

Bárbora: Pero, ¿pierde por haber andao por esta casa buscando un trasgo, mano a mano con Fariella? Pos, en ese mesmo caso, tá la mi hermana, que acaba de baxar ahora de lo mesmo y con la mesma compañía. Y, ésto, a mí, non me ofende, nin creo que po lo otro tengas tú tan poco porqué ofendete…

Caxina: Apara la mano, Bárbora; que, cada uno, ye cada uno. Por ese mesmo caso. Pero, eso de la tu hermana, non anda rodando po les caleyes como lo de la mi fía. Por ese mesmo caso. Y, además, si acaba de baxar ahora, non taba a soles con él en casa, como cuando la mi Fela. Eso, tamién hay que velo. Por ese mesmo caso.

Bárbora: Entós, ¿qué quies que faigimos?

Caxina: Despertar a ése, y que me dea una satisfaición.

Bárbora: ¿Despertalo? ¿Y, qué adelantes con eso, probe?… Tú, ¿vienes buscando una satisfaición, o la casería?

Caxina: Mira, Bárbora; non blinques el bardial, que po la caleya, tá buen camín. Por ese mesmo caso… A ver, Cefero; tú, si fueres un rapaz, ¿non pondríes reparo a casate con la mi fía, después de haber pasao aquel belén?

Cefero: Ya te dixe, que la guardia cevil, aquí, ye la mi muyer.

61

Caxina: Tá bien... ¿Non lo pondríes tú, Bárbora?... Pos, si ye asina, ¿por qué va parecete mal el que yo venga a pedir una satisfaicion?

Bárbora: Non; si non me parez mal que vengas a buscala. Pero, lo que pasa, ye que tamién necesita lo mesmo la mi hermana; y, a les dos, non va poder ser.

Caxina: Pero, la mi fía, tá premero. El que premero llega al molín, premero muele. ¿Non ye verdá, Cefero?

Cefero: Mira, hom... Tantes veces apuntaste pa aquí ya, que va parecer mala crianza si non te contesto a ninguna... Mira, Caxina; yo compréndolo todo. Dóime perfeuta cuenta del desgusto tuyo, y del de todos los de tu casa. Pero, la custión ye que, en les coses de Fariella, non mandamos nusotros; él, será hermano, y todo lo que quieras... Pero, tien su tutor, y éste ha de ser el que ha de responder. Tú, ya sabes que, como ye poco despabilao, los nuestros padres, al morise, encomendaron a don Baldomero la administración de sus bienes. Si don Baldomero te quier dar la satisfaición que busques, allá él. Él, ye el amo.

Caxina: Eso, tá entendíu... Pero, en caso de que non me la dea, ¿a quién doy un par de estacazos; a Fariella, o a don Baldomero?

Cefero: Home, ¿non sabes de sobra que, Fariella, por ser como ye, ye irresponsable?

Caxina: ¿Y don Baldomero?

Cefero: ¡Home!; a mí, parezme que a don Baldomero, non tienes por qué dáilos… ¿Subió él, acaso, con la tu fía al desván en busca del trasgo? Tú, mira a ver si saques algo de él; y, lo demás, échalo a un lao.

Caxina: ¡Non; en eso, mirándolo bien, tienes razón!… Pero, entóncenes, la mi fía, ¿va quedar asina? Vusotros, fijáivos bien. Por ese mesmo caso.

Cefero: Yo, a eso, non sé qué respondete, Caxina… ¿Ocúrresete algo a ti, Bárbora?

Bárbora: A mí, si se me ocurre, será pa aplicalo a la mi hermana, que tá en el mesmo caso que la fía de ése. Cada uno, que siegue con el su gadaño.

Caxina: La tu hermana, ya tien mozo; y, pame que non va necesitar muncho segáo de ése. Por ese mesmo caso… ¿Pido bien, Florina?

Florina: *(De modo desabrido)* ¡Non sé!

Caxina: Home, si te ofendí, perdona; que, non era esa la mi intención… Bueno; puesto que aquí se me acabó lo que traía en el pico, tiraré pa otro lao… Dispensáime si molesté; que, les buenes palabres, non tán reñides con la buena crianza.

Cefero: Tás dispensáu de todo, Caxina. Pa eso somos amigos.

Caxina: ¡Ay; eso, que lo digas!… Bueno; pos, non digo más… Quedar todos con Dios, y que haiga salú; después, ya verenos lo que se fai.

Cefero: Tá bien, Caxina. Hasta más ver.

Bárbora y Florina: Adiós. *(Caxina, hace mutis por donde había entrado)*

Escena V
(Dichos, menos Caxina)

Bárbora: ¿Ves si hay que andar listo, Cefero? ¡Diaño con Caxina!

Cefero: ¡Espabílase, espabílase! Pero, por muncho que haiga madrugao, non creo que saque tayada... Don Baldomero, quedrá consultar con nusotros; consultar con Fariella. Y, después de consultar con todos, consultar con la propia concencia.

Bárbora: De todos los modos, mañana, a la primera hora, hay que ir a ver a don Baldomero.

Cefero: Mal te vas arreglar pa ir a premera hora a casa de la Zátara, y a casa de don Baldomero. Tú, mira a ver cuál de los dos ye lo que te cuerre más prisa...

Bárbora: Don Baldomero; a la vuelta, avisaré a la Zátara, que tamién ye de necesidá... ¡Ay qué ver lo que nos traxo ese maldito trasgo!

Cefero: Tú, ¿non dices nada, Florina?

Florina: Yo, ¡qué voy decir!

Bárbora: ¿Qué vas decir? *(Bárbora, tanto ímpetu quiso dar a su movimiento de encararse con Florina, que se le suelta la cinta que sujeta su refajo, y le cae, dejándola en falda bajera, que será blanca, y muy historiada. Como consecuencia del inesperado incidente, lanza el* *grito de* ¡El trasgo!, *que pone en guardia a todos, y despierta a Fariella. Todos acuden a auxiliarla, con tan mala fortuna, que a Cefero, se le envuelven los pies en los sobeos, y cae. Fariella, tropieza con cualquier obstáculo, y lleva a otra caída. Florina, puede volcar la fuente con las patatas, o enganchársele el vestido en el banco en que estaba sentada. O, puede ocurrirles cualquier cosa de las que pueden cargarse en cuenta al trasgo. Los movimientos, han de ser casi simultáneos; y, la escena, de acción relámpago, a la que animarán gritos y lamentaciones. Después de darse cuenta de la poca importancia de los incidentes, todos reirán)*

Bárbora: ¡Ay; éste maldito trasgo, va acabar con nosotros! Pos, ¿non me desató el refaxo el condenáo?

Cefero: Y, a mí, enrodiellóme los sobeos en les pates.

Fariella: Y, a mí, púnsome ese banco en camín.

Florina: Y, a mí, enganchóme po la saya…

Fariella: ¿Non tenía razón la Papuda, al decir que non había quien pudiera con él? ¡Diaño, qué enredoso ye!

Cefero: Sí; son ya demasiades confiances… A mí, ya non me choca que la Remueya tuviera farta dél… ¡Mi madre; que ñarigada me fizo dar!

Fariella: ¿Y a mí, que desigüé una pata?

Florina: Yo, toy tovía que non aliendo.

Fariella: ¿Vamos todos, a ver si lo atrapamos?

Florina: Pero, ¿ónde vamos ir, si non se dexa ver?

Cefero: Sí; mal enemigo ye el condenáo.

Bárbora: ¿Malo? ¡Malo a non más poder! *(Cuando vuelven a calmarse; y cuando cada uno vuelve a su pues-*

to, quedan sorprendidos, como si oyeran ruido dentro de casa) ¿Non oísteis?... ¡Ay; pame, que rinchó una puerta de les de arriba!?

Cefero: Non ye que te parezca, non; que, rinchó, ye verdá.

Fariella: Será el trasgo, que subió escapáo.

Bárbora: ¡Demonio; ése, va acabar con nusotros!... Pero, ¿será el trasgo, de verdá?

Cefero: ¿Qué va ser entóncenes, Bárbora? ¡Claro que lo ye!... A ver... Callar un poco... ¡Ay; pame, que siento pasiades tamién!... ¡Resondio, qué ensinvergüenza!... Verás; verás el demonio...

Florina: *(Nerviosa)* Yo, non oigo nada; deben ser feguraciones vuestres.

Bárbora: ¿Tás sorda, Florina?... Escucha... ¿Non oyes, o yes fata?

Florina: Non; non oigo nada.

Fariella: ¡Si hasta lo oigo yo, que toy como una arcea!... ¿Cómo diaño non lo vas oyir tú?

Florina: Pos, non lo oigo.

Bárbora: Vete ver, Cefero.

Florina: ¡Non, por Dios, que puede pasái algo!

Cefero: Pero, ¿qué me va pasar, Florina del alma?

Florina: ¡Qué sé yo! Nin yo mesma lo sé. Pero, non vayas.

Cefero: Pero, ¿vas crér que soy como Fariella? ¿Voy tener miedo a un trasgo? El trasgo, podrá matame el candil; o quitame la gorra; o, cualquier bobadina por el estilo; pero, otra cosa, non... Veréis; por si acaso, en lugar de candil voy llevar el farol; asina, non me lo apaga... A ver, Fariella, dame la foz.

Florina: ¡Non vayas por Dios, Cefero!

Cefero: Pero, ¿por qué te pones tan asina? ¿Va comeme?

Fariella: ¿Acompáñote yo, hermano?

Cefero: ¡Si vuelves sacar eso po la boca, a quien voy dar con la foz, ye a ti en focico, fartón! ¡A ver si crés que voy tener miedo como tú!

Fariella: Entós, convienme más callar... ¡Qué pollín yes, Cefero!

Florina: ¡Non vayas, Cefero! ¡Mira, que va dame mal!

Cefero: ¡Ay, cómo tá de los ñervos esta creatura!... Mira, Bárbora; de eso, tuviste la culpa, por tanto queréi meter po la cabeza...

Bárbora: Pero, ¡por Dios, Florina; asosiégate!... ¿Crés tú que si yo supiera que iba pasái a Cefero, iba dexalo? ¿Non taré yo más enteresada que tú por él?... Anda; non seas boba, y suéltalo.

Florina: ¡Non; que tengo muncho miéo a les coses del otro mundo!... ¡Por Dios non vayas, Cefero del alma! ¡Mira, que hasta te lo pido de rodilles!

Fariella: Hermano; non vayas, que tamién yo entamo a tener miéo.

Bárbora: Pero, po lo que tú lo tienes, ye porque non tá aquí la condenada de Fela, pa que te acompañe, zanguango.

Fariella: Non; non ye por eso. Po lo que lo tengo yo, ye porque se ponga mala Florina, que tá dando diente con diente.

Bárbora: Que vaya tomar la tila, que ya fervió. En cazo la tien.

Florina: Non quiero tila ahora... ¡Non vayas, Ceferín!

Bárbora: Mira, Cefero; non faigas caso de este par de fantasmones, y ve.

Florina: Si va, marcho de casa.

Bárbora: ¡Ay, qué creatura más fata! Pero, ¿por qué te pones asina, neña?... ¡Ay, San Adriano bendito, como si fuera cosa del otro mundo, ir ver quién anda por casa!

Florina: Ye que puede ser el trasgo.

Cefero: Si ye, que lo sea... Verás, como se dexe ver, ya enredó todo lo que tenía que enredar en este mundo. Y, como logre echái mano, tráigotelo pa que lo veas... Anda; asosiégate, que non va haber novedá.

Florina: ¡Non te dexo ir!

Bárbora: *(Apartando violentamente a Florina de Cefero)* ¡El demonio me lleve si non vamos volvenos todos fatos en esta casa!... Anda; vete, Cefero; non faigas caso de esta apalominada. *(Cefero, hace mutis por la puerta que da al interior, llevando la hoz, y un farol encendido. Florina; sufre un ataque de nervios, y la sujetan entre Bárbora y Fariella. Después, recóbrase, y empieza a llorar; pero, sin dejar de estar alerta a lo que pueda ocurrir a Cefero. Hay un momento de silencio expectativo para Bárbora y Fariella; que,* *para Florina, resulta trágico. De pronto, se oye como ruido de lucha en el interior. Florina, se desprende de sus amparadores, y corre hacia la puerta. Mientras forcejea para abrirla, vuelven a alcanzarla Bárbora y Fariella, y la sujetan)* ¿Pasa algo, Cefero?... Pero, ¿tás lloca, hermana? ¿Qué diaño vas facer?

Florina: ¡Quiero ir tirame a la mar!

Bárbora: ¡En los díes de mi vida, si tal cosa oyí!... ¡Non; tú, non sales de aquí... ¿pasa algo, Cefero?

Fariella: Non te asustes, Florina; ya contestará... Non seas tonta... Mira, ya non se oy nada... A lo mejor, todo fueron feguraciones.

Bárbora: Pero, ¿pasa algo, Cefero? ¡Contesta de una poñeflera vez!

Voz de Cefero: Non.

Bárbora: ¡Ay, gracies a Dios!... ¿Ves, hermana?... Mira; atiende; ya baxa ahí.

Voz de Cefero: ¡Ya lo cacé!... ¡Veréis que guapo ye este trasgo! *(Cefero, aparece por donde había hecho mutis, portando en una mano el farol encendido; y, aprisionando con la otra a un joven, que entra en escena aterrado)*

Escena VI

(Dichos, y Joven, que estará mudo por el pánico)

Cefero: Aquí lo tenéis.

69

Fariella: ¡Diaño! Ése, non ye el trasgo que yo viera... Recontra, qué grande ye ése; mialma si non parez un home.

Cefero: Desatapa la cara, Florina... ¿Non quies velo? ¡Mira qué guapo ye!

Bárbora: ¡Ay; que un rayo me parta, si non ye el mozo que andaba con Florina!... Pero, ven acá, hermana. ¿Tú, non sabíes que era él?

Florina: *(Sin atreverse a verle la cara)* ¡Non!

Fariella: ¡A que a lo mejor fue este el condenao que nos mató el candil!

Cefero: Sería, sería; que eso quiso facer con el farol.

Bárbora: ¡De los demonios arreniego!... Entóncenes, ¿era a éste, al trasgo que tanto temíes?... ¡Mírai la cara, poñeflera!

Florina: Non.

Bárbora: ¿Non te atreves, eh?... ¿Ónde lo alcontraste, Cefero?

Cefero: En el cuarto Florina... Y, ahora, toy por asegurar que fue a éste al que ladró 'Clavel' la vez primera.

Bárbora: Pero, entóncenes, ¿quién i abrió la ventana?

Fariella: ¡Home; eso, sería el trasgo!

Bárbora: ¿El trasgo, eh? ¡Non sería mal trasgo!... ¡Ay, Cefero del alma; que de ésta, ya podemos despedinos de la casería!... ¡Esta hermana, echólo todo a rodar!...

TELÓN

ACTO TERCERO

Escena Primera

La misma decoración del acto primero. Al levantarse el telón, Florina estará sentada en el banco de bajo el corredor. Tendrá la cabeza vendada, u otra demostración de haber sufrido una paliza. Estará pensativa, y suspirará de vez en cuando. Sobre sus muslos, un atado de ropa, como preparada para emprender la marcha. Después, entra Fariella por el portillo, como si lo persiguieran.

Fariella: ¡Non; tú, non me pegues!... ¿Por quién me tomaste, condenada?

Florina: Madruguen, ¿eh, Fariella?

Fariella: ¡Ésta, ye la tercera en el día de hoy que quier ir conmigo a ver si espantamos el trasgo!

Florina: Ye que en este pueblo hay algunes moces muy espabilades.

Fariella: ¡Recontra!... ¡Como si non hubiera trasgos más que en esta casa!... ¿Non sabes tú bien, qué xente ye ésa!... ¡Recontra! ¿Ónde vas tan maja?... ¿Vas a la villa?

Florina: Non... Voy pa mi casa.

Fariella: ¿Pa volver?

Florina: Non.

Fariella: Entóncenes, ¿vas dexanos ahora, que ye cuando más hay que facer, con la yerba que se echa enriba? ¿Non vinieres pa ayudanos?

Florina: Sí... Pero, eso, ¡qué tien que ver!

71

Fariella: ¿Non vas venir tan siquiera pa el día de la romería?

Florina: Non.

Fariella: ¡Ay; tú, non me la das a mí! Si marches, ye que tienes miedo al trasgo que hay en casa.

Florina: Puede que haiga algo de eso.

Fariella: Pos, si ye por el trasgo, non marches, boba... ¿Non sabes que ya Bárbora avisó a la Zátara pa que venga a esconxuralo?

Florina: Puede non acertar.

Fariella: ¿La Zátara? ¡Si dicen todos, que non hay trasgo que se i resista!

Florina: Non; por si acaso.

Fariella: ¡Home; non seas miedosa, tonta! Anda; quédate...

Florina: Non. Eso, ya non puede ser.

Fariella: ¡Ay; ahora caigo! ¡Ya sé entóncenes, por qué marches!

Florina: ¿Por qué?

Fariella: Porque te pegó Bárbora.

Florina: ¡Algo hay de eso tamién!

Fariella: ¡Qué hermana más burra tienes, Florina!... ¡Como si fuera tuya la culpa de que encontraren al rapaz aquel en el tu cuarto!

Florina: ¡Claro!

Fariella: ¡Como si tú mandares al trasgo abrir la ventana¡

Florina: ¡Claro!

Fariella: Ye burra a más non poder... ¿Non sabes que tamién a mí me pegó munches veces?

Florina: Sí; ya lo sé.

Fariella: ¡Recontra!, ¡Si yo tuviera otra casa como tú, marchaba tamién!

Florina: Non; tú, non debes de desapartate del tu hermano... Cuando Bárbora te pegue, díceseilo a él.

Fariella: Non me dexa ella.

Florina: Non i faigas caso... Si Cefero lo sabe, non i lo consiente.

Fariella: ¿De veres?

Florina: ¡Qué infeliz yes, Fariella! ¡Claro! Él, non ye malo; y, además, ye hermano tuyo.

Fariella: Sí, pero, cuando me pega, ye cuando non tá él en casa.

Florina: Díceseislo cuando vuelva.

Fariella: ¡Ah; pos, ya verás; cuento decíilo?... ¡Hay que ver cómo pueden arreglase les coses!... ¡Y yo, que non cayera en ello!

Florina: Pos, ya sabes lo fácil que ye.

Fariella: Ahora, déxalo de mi cuenta... ¿Vas ir sola?

Florina: Non, va llevame Cefero.

Fariella: ¿Ónde tá él?

Florina: Acabando de arreglase.

Fariella: Entóncenes, ¿voy quedar solo con Bárbora?

Florina: Mañana, tiéneslo de vuelta.

Fariella: ¡Ay, probe de mí!

Florina: ¡Non, bobo; ahora que marcho yo, non i va convenir!

Fariella: ¿Por qué?

Florina: Ye muy llargo de contar... Oye; non veu por ahí el xergón que traxo al trasgo... ¿Ya lo llevaron?

Fariella: ¿Non viste hoy a la Remueya, venir bien céo por él?

Florina: Non.

Fariella: ¡Si vieres qué contenta iba, porque lo había aventao!

Florina: ¡Non iba ir, dexándolo aquí! ¡Non vos dexó mala comenencia!

Fariella: De todes les maneres, va echalo hoy fuera la Zátara... ¡Qué malo ye ese condeano!, ¿eh?... Pero, en cuantes lo vea ella, ¡fute!

Florina: A ver si tien acierto.

Fariella: Tendrálo, tendrálo... Dicen, que ye la mapa pa eso. Y, el premero que esconxura, ya non ye.

Escena II

(Dichos, Bárbora y Cefero. Éste, con traje de fiesta; y aquélla, con cara de pocos amigos)

Cefero: Bueno, Florina; cuando quieras.

Florina: Tú dirás.

Cefero: Pos, ahora mesmo... Bueno, Fariella; non descuides el ganao, que todo queda de tu cuenta.

Fariella: ¿A qué prao lo llevo hoy?

Cefero: Ya te lo dirá Bárbora... Y, has de tener cuidao cómo cates a la Careta; ya sabes cómo les gasta.

Fariella: Ya lo tendré.

Florina: Bueno; hermana...

74

Bárbora: ¡Non me llames hermana!... ¡Mira; que si ayer te di con el mango de la fesoria, hoy, voy date con la fesoria mesma!

Florina: Puedes dar con lo que quieras... ¡A mí, plin!

Cefero: ¡Déxala ya Bárbora! Non acotéis con agua pasada...

Bárbora: ¿Agua pasada?... ¿Agua pasada, y tovía non entró en molín?... ¡Anda, bobona! ¿Qué puede tener aquel monicaco, que non pueda tener este otro?

Florina: Lo que tú non yes capaz de comprender... Ye decir; como comprender, compréndeslo de sobra. Lo que pasa, que quies que sea otra la que lo sufra... Asina, ye fácil dar conseyos...

Bárbora: ¡Calla, ensinvergonzona!... ¡Y con qué cara de mosquina muerta lo diz! ¿Cuándo se vio eso de meter a un mozo po la ventana de casa?

Cefero: Bueno; eso, ya tá ventilao... Hale; despedivos como hermanes que sois; y, aquí, paz; y, en cielo, gloria.

Fariella: Pero, ¿non fuera el trasgo, el que abriera la ventana?

Bárbora: ¡Non taba mal trasgo!

Cefero: Sí, nin; fue el trasgo... Non faigas caso de Bárbora. Bueno; hale; olvidalo todo, y despedivos... *(Florina, se acerca con recelo a Bárbora, y le da un beso frío. Ésta, se deja besar, aunque haciendo visibles esfuerzos para no rechazarla; pero, se contiene, y no se lo devuelve)*

Florina: Bueno, Fariella... Hasta que volvamos venos.

Fariella: ¿Non me das un beso, como a la tu hermana?

Florina: ¿Quieslo?

Bárbora: ¡Quita pa allá, zanguangón!

Cefero: ¡Ya te dixe, Bárbora, que haiga paz! Bueno,
¿vamos?

Florina: Vamos.

Cefero: Bárbora; que non haiga novedá; y, hasta la
vuelta.

Bárbora: Que tengas buen viaje.

Florina: ¿Non mandes nada pa los de casa?

Bárbora: ¡Non!

Cefero: ¡Ay, Bárbora; ya podíes ir echando a un lao
lo que non tien remedio! *(Florina y Cefero, hacen
mutis por el portillo, hasta donde los acompaña Fariella)*

Escena III
(Bárbora y Fariella)

Fariella: ¡Casi que danme ganes de llorar!

Bárbora: Y, a mí, tamién... ¡Hale; ya puedes ir preparando goxo y gadaño pa ir segar!

Fariella: ¿A qué prao?

Bárbora: Al que te dea po la gana.

Fariella: ¡Recontra; tás de males pulgues, cuñada!...
¡Bueno, hom; iré... Déxame descansar un po-
co... ¿A qué hora va venir la Zátara?

Bárbora: A la que non te emporta. *(Fariella, sumiso y silencioso, entra bajo el hórreo, y aparece al momento con guadaña y cesto)*

Fariella: Voy al de la Xirán.

Bárbora: ¿Non tá más cerca el del Marapico?

Fariella: Pero, ¿non me dixixte, que fuera al que me diera la gana?

Bárbora: ¡Non me retruques, que vas llevar les que non llevó Florina!... ¡Y, a ver si andes listo!

Fariella: Ye que tengo una engüeña en el calcaño.

Bárbora: ¡Lástina, non la tuvieres onde yo dixera!... ¿Muéveste, o fáigote mover yo?

Fariella: Si yes mala conmigo, voy a decíilo al mi hermano.

Bárbora: Mira, Fariella; non me enrites más de lo que toy, que non me contengo... ¡Anda más listo!

Fariella: Non puedo.

Bárbora: ¡Ya verás cómo puedes! *(Bárbora, descompuesta, coge un palo para pegar a Fariella. Pero, éste, tira cesto y guadaña, y emprende una carrera, haciendo mutis por el portillo)*

Fariella: Pos, ahora, voy decíilo...

Bárbora: ¡Di i lo que quieras!... ¡Mira cómo cuerre el condenáo!... ¡Y decía, que tenía una engüeña!... ¡Hale, que lo pesques!... ¡Vas pescalo, non!... *(Recoge lo dejado por Fariella, y vuelve a llevarlo a donde estaba)* Y, ahora, ¿qué va ser de nosotros?... ¿A qué mil demonios de raza salió esta hermana?... ¡Ay; si se me escapa esta casería, quédome en un patatús?

Escena IV

(Bárbora; y, después, Taruco, que entra por el portillo)

Taruco: Tú, siempre trabayadora.

Bárbora: Tendré que selo hasta que reviente.

Taruco: Asina, pásanos a todos… ¿Non tienes por ahí al home, Bárbora?

Bárbora: Non; acaba de salir… ¡Queríeslo pa algo?

Taruco: Non; era por preguntar… Pa lo que me trái aquí, abastes tú… Oye, hom, ¿ye verdá lo que me dixeron?

Bárbora: Sí.

Taruco: Pero, tú, ¿sabes lo que iba preguntate?

Bárbora: Preguntes lo que preguntes, hoy, ye verdá todo, Taruco.

Taruco: ¡Home; non será tanto! Si te preguntara si te habíes muerto, non lo sería…

Bárbora: Tamién, Taruco, tamién. Porque, ¡mialma!, si non toy más allá que acá.

Taruco: Tá bien, hom… Non quiero llevate la contraria… Cada gaitero, sabe qué fuelle se enfota… Descuida; que, en cuantes vea al tu Cefero, cunto acompáñalo en el sentimiento; porque, yo, pa eso, soy muy complío… La verdá; yo, a ti, siempre te aprecié… Y, non vete por esta quintana, va dame señaldá… Oye, hom; entóncenes, antes de acabar de morite, ¿quies echar un vistazo a este traje?… Non quisiera que te fueres pa el otro mundo en sin dame la tu opinión.

Bárbora: ¿Sabes que tráis bona la navaya, Taruco?... ¡Pos, mialma, que pa mazquetar les castañes que hay aquí hoy, non necesitabes afilala tanto!... ¡Tás un buen zorramplón!... Entóncenes, ¿qué ibes preguntar?

Taruco: ¡Home; eso, ya tá de más!... ¿Non dixiste por adelantao que sí a todo?

Bárbora: Pero, tú, ¿acabes de abrir la portiella, o quies que te la abra yo? ¡Mira que, hoy, toy que muerro!

Taruco: Bueno, hom... Non quiero llevar sobre la concencia el habete adelantao el pasaporte... ¿Ye verdá que vos entró un trasgo en casa? Si ye asina, mal vecín echasteis...

Bárbora: ¡Pos, yela, Taruco del alma, yela!... Y, que el condenáu, non solo se contenta con revolvenos la casa; sinon, que revolviónos tamién la sesera, y todos andamos en casa al pizupín. Aquí, desde que él fizo auto de presencia, todos perdimos los concurrentes, y non nos entendenos nin a la de tres...

Taruco: ¡Diaño! Y, ¿non avisastéis a la Zátara?

Bárbora: ¿Non la íbamos avisar? Tará ya al aparecer... ¡Quiera Dios que nos lo eche de casa; porque, como siga él aquí, xúrote yo que vamos todos pa la Cadellada!

Taruco: Echarátelo, echarátelo... La Zátara, siempre tuvo muy buenes manes pa eso... ¡Non; el tener una muyer asina en el pueblo, ye pa tar orgullosos todos toos los vecinos!... Oye, hom, y, ¿fue verdá tamién lo de Florina?

Bárbora: ¡Pronto se corrió la voz! Sí; tamién ye verdá. A ti, non te lo niego.

Taruco: Pos, felicítote, hom; felicítote...

Bárbora: ¡Ay, mal rayo te parta, Taruco de los mis pecáus!... ¿Sabes que, anque non traxeres la navaya tan afilada, non perdíes muncho?... Tú, ¿quies apolmoname más de lo que toy?

Taruco: Entóncenes, ¿apolmónate el que se haiga arreglao con Fariella? ¿Non era por eso, po lo que tanto variabes?

Bárbora: Oye, hom... ¿Tú, quies facete el bobo, o quies faceme a mí?

Taruco: ¡Ay, Bárbora del alma! ¿Sabes que voy date la razón?... El trasgo ése, trastornóte.

Bárbora: Pero, oye, Taruco del diaño, tú; ¿sabes lo que pasó en esta casa?

Taruco: Yo, non sé más que lo que me dixeron, que fue lo que acabo de decir.

Bárbora: Pero, ¿non te dixeron tamién, que Florina lo echara todo a rodar?... ¿Non tás enteráo de lo que pasó aquí esta noche?

Taruco: Yo, non sé más que lo que acabo de decir, y el que, ayer, por poco los atopo besándose cuando vine traete la fesória.

Bárbora: ¡Besándose!, ¿eh? ¡Ay, si un rayo partiera a quien yo señalara!

Taruco: Pero, ¿ye que hay algo más, Bárbora?

Bárbora: ¿Que si lo hay?... ¡Sí lo hay, Taruco del alma; sí lo hay, y bono!... Oye, ¿tú, puedes creer que un trasgo abra una ventana?

Taruco: ¡Home; yo, de esos diaños, créolo todo! ¿Non me cortó uno el bigote mientres un día dormía la siesta?

Bárbora: Pero, tú, ¿crés de verdá, que pueda abrila, pa que un mozo entre a lo callandín en el cuarto de la moza?

Taruco: Non sé, hom; que pueda abrila, tá descontao. Pero, que sea con mala intención, non. Los trasgos, son como rapacinos tarabiqueros, que xueguen con todo; pero, en sin malicia denguna... ¿Créeslo tú?

Bárbora: Yo, pa non tener que llamar a alguna lo que ye pecáo, sí.

Taruco: ¡Non sé, hom!... Como abrir, pudo abrila, y habese aprovecháu otro del xuego... ¿A santo de qué lo preguntes?

Bárbora: Pero, tú, ¿non sabes que esta noche alcontramos a un mozo en el cuarto de Florina? A ti, confiésotelo, porque yes como de casa... Pero, tú, ¿puedes creer que fue porque sí, y non porque ella tuviera de acuerdo? ¿Ves tú ahí, la mano del trasgo?

Taruco: Yo, non sé, hom; algo cuesta arriba, fáiseme... Ahora, que lo que tú dices; habrá que creelo pa non pensar mal de la tu hermana. Ella, ¿qué diz?

Bárbora: Que ye inocente. Pero, de lo que Florina diga, fíome poco.

Taruco: Home; si ella lo diz, serálo. ¿Iba atrevese Florina a una cosa como ésa?... ¿Y que diz el que entró?

Bárbora: Ese, non sé lo que dirá cuando recuerde; porque, hasta ahora, debe tar priváo de los estacazos que i dimos... ¡Con decite que tuvo que tiralo Cefero a la caleya, como si fuera el caspiayo de una manzana!

Taruco: ¿Non sería un ladrón, Bárbora?

Bárbora: Yo, non sé si lo sería. Pero, ye que da la causolidá, de que era el rapaz que andaba por ahí con Florina.

Taruco: Eso, ya lleva otro rustrío... Pero, la tu hermana, ¿non tá en casase con Fariella?

Bárbora: Non; ese alcacer, ya quedó segáo a focín... Ahora mesmo acabo de mandala con Cefero pa casa... Yo, por sí, o por non, non la quiero aquí.

Taruco: ¡Centella!; Non; yo, eso, non lo esperaba.

Bárbora: Pero tú, ¿oyiste alguna vez de un trasgo asina?

Taruco: Non; con eses zunes, non. Pa mí, ese trasgo, debe tar falsificao...

Bárbora: Pos, ese vecín ye el que se nos metió en casa.

Taruco: Malo ye, sí... ¡Vais tar arreglaos!... Bueno, neña; yo, contra él, nada puedo, sinón, de mil amores me ofrecía... ¡Vaya por Dios!... Entóncenes, ¿quies veme el traje, o non tienes humor?

Bárbora: Una cosa, non tien que ver con la otra... Sí, hom; verételo... Ye muy guapo... ¿Cuánto te costó?

Taruco: Yo, como ajustar, habíalo ajustao en quince pesos; pero, la mi Sinforosa, sacólo en diez... ¡Tantes ganes tenía de vender aquel pañero, que, porque quedara con él, lo mesmo me daba dinero enriba... ¿Y los que tú compraste?

Bárbora: ¿Los que yo compré? ¡Ay; si se descuida el pañero ése, tírolo a la ñora con trajes y todo!... Pos, ¿non tuvo la poca vergüenza de venir a ofrecémelos pa la boda de Fariella en el mesmo momento en que yo sorprendía a éste con Fela la costurera en el desván de casa?

Taruco: ¡Diaño!, entóncenes, la que taba con Fariella en casa cuando yo tuve aquí con el pañero, ¿no era Florina?

Bárbora: ¡Qué iba ser Florina; si esa condenada llegó ayer a les mil y quinientes! Eran esa Feluca la de Caxina; esa desvergonzada, a quien yo la dexara cuidando la casa.

Taruco: ¡Ay, Bárbora del alma! ¡Este mundo, tá perdío!... Pero, ¿tamién ahí habrá intervenío el trasgo?

Bárbora: Eso dicen los condenaos; pero, ¡cualquiera los cree!

Taruco: ¡Ah; pos mira; yo, creeríalo! De un trasgo asina, hay que creelo todo. Ya tarda la Zátara en venir a echátelo de casa... Pero, oye, hom; entóncenes, ¿ya non hay boda con Florina?

Bárbora: ¡Qué diaño va haber! ¿Iba habela después de lo que pasó?

Taruco: Entóncenes, ¿tendrá Fariella que casase con Fela?

Bárbora: Non; eso, como tea en mis manes, non.

Taruco: ¡Vaya, hom; menos mal! Asina, quedaráste con la casería... Entonces, y cambiando de conversación, ¿qué dices de este traje?

Bárbora: Ya te dixe que me gustaba.

Taruco: Pero, ¿ye caro, o barato?

Bárbora: Yo, non sé, hom; si pinta bien, ye barato; si pinta mal, ye caro.

Taruco: Pero, tú, ¿non sabes cómo va pintar?

Bárbora: yo, ¡qué voy saber!

Taruco: ¡Ah; pos, entóncenes, toy como taba. Asina, acierta cualquiera... Pero, bueno; tú, non tarás ahora pa estes músiques... Asina, que voy dexate, ya que non puedes sacame de dudes... Bueno, chacha; que se arregle todo a tu gusto, y que vuelva el sosiego a esta casa, que ye lo prencipal. Ya sabes; si en algo puedo servite, non tienes más que mandar recao.

Bárbora: Gracies, Taruco; tú, ya sé que yes de los pocos que queden de ley.

Taruco: Pos; si ye que ya quedamos pocos, tendré que cuidame. Y, este sol que pica tanto, puede caeme mal... Hasta otra; y, echa en olvido lo pasáo... Mira, marcho a tiempo; ahí tienes a la Zátara... Anda, Zátara; que tán esperándote... *(Taruco, hace mutis por el portilo, cruzándose con la Zátara, que entra)*

Escena V

(Bárbora y la Zátara. Ésta trae en la mano un taza cubierta con un papel)

Bárbora: Ah, ¿ya tá ahí ésa?

Zátara: Aquí toy… ¿Llego a tiempo, Bárbora?

Bárbora: ¡Ay, gracies a Dios que llegaste, Xátara del alma! ¡Ya taba rezándote po los güesos!… Anda, muyer; entra… Entra; y por Dios me esconxures pronto la casa, que non hay quién apare en ella. ¡Esto, ye un infierno!

Zátara: Pero, muyer; el tener un trasgo en casa, non ye pa ponese asina. Entóncenes, ¿qué diríes si tuvieres al cornín?

Bárbora: Toy segura de que non fairía más daño. Lo que fai ese maldito, ya ye demasiado… ¿Serás capaz de echámelo fuera, Zatarina?

Zátara: Eso, depende de la calidá que sea… Hay saber premero de qué raza ye… Háilos, que se van en cuantes me ven, o a les premeres aiciones del mi saber… Háilos, que se resisten; pero, que, a fuerza de cencia, logro echalos. Y, hasta háilos, pa los que tengo que emplear la xaramiella, que ye como la mapa de todos los esconxuros. Pero, háilos también, que non dexen la casa, nin con xaramiella nin con nada. Anque de éstos, gracies a Dios, hay pocos… ¿Puedes decime cómo se manifiesta?

Bárbora: Pos, mira; en lo que va de ayer a hoy; y, aparte de coses que val más callar, ya me desfi-

zo por dos veces el moño; plízcome en un ca-
dril; desatóme por dos veces el refaxo; des-
tapóme el pote...

Zátara: ¡Malo, malo!

Bárbora: ¿Malo?

Zátara: Sí, neña; esa gracia de destapar el pote, ye
una de les que tienen los que necesiten la
xaramiella, que ya sabes que ye como el
conxunto de todes les cencies... Anda; sigue...

Bárbora: Y, tamién, entracamundóme les madreñes.

Zátara: ¡Ay; pos, entóncenes, non sigas!... ¡Non
puedo facer nada, neña!... Ese, ye de los que se
resisten hasta a la xaramiella... Mira; uno de
esa filitrompa, háilo en casa de la Remueya, y
non hay quién lo eche... *(Bárbora sufre un sínco-
pe)* ¿Qué te pasa, Bárbora?

Bárbora: ¡Qué ye ese mesmo, Zátara del alma! ¡Qué
ye ese, el mesmo!

Zátara: ¡Cá! El mesmo, non puede ser... Ese, non se
separa de la Remueya, nin con parternostes...
¡Con decite que ya empleé contra él más de
diez veces la xaramiella, y como si echara agua
a la mar... Y, llega a tanto el descaro de ese
condenáo; y, llegó a faltame de tal modo al respeto, que un día hasta llevóme la xaramiella
con taza y todo... Asina; que, si tú sabes que ye
aquél, pa que voy entrar siquiera.

Bárbora: ¡Ay, non me lo digas, por Dios!... Por probar, ¿qué pierdes, Zatarina del alma?... Anda;
fáime ese favor.

Zátara: Bueno; si te empeñes, probaré; pero, ha de haber abondo que adelantemos algo con él. El tiempo, dígote yo que lo perdemos... Pero, entóncenes, ¿cómo mil diaños sabes que ye el mesmo que tenía la Remueya?

Bárbora: Non; ése, ye seguro... Mira... Al parecer, y según me dixo ayer la Papuda, cansada la Remueya de tenelo en casa; y, viendo que nada nin naide lo podía echar de con ella, determinóse a mudar de casa. Y, en ese enfoto, entamó a carretar los trastos y les ropes pa el otro lao. Pero, cuando iba con el último xergón, plantóse en él el trasgo, y despúsose tan campante a mudase con ella...

Zátara: ¡Ay; ése, sábela toda!

Bárbora: Pos, como iba diciendo, cuando iben por el prao del Suco, dióse cuenta de que lo llevaba en el xergón; y, allí lo dexó con xergón y todo...

Zátara: ¡Ay, si non me dexes tonta, muyer! Con ese rebelde, ¿quién puede?

Bárbora: Y, el maldito, al vese solo en aquel descampao, non supo qué facer, y metióse en la premer casa que atopó, que fue ésta.

Zátara: Ese, ye perro vieyo. A ése, non lo atrapen asina como asina... Pos, po lo que dices, y por desgracia, vas tener trasgo pa rato. Ese, sabe más que Merlín.

Bárbora: Tú, por dinero, non me lo dexes en casa. Asina, non podemos tar.

Zátara: Non ye custión de cuartos, Bárbora. Hoy, esta cencia, non tá tan adelantada como se cree.

Bárbora: Pos, non sabes lo que te agradecería que me lo echares de aquí. Y, todavía más que po los mareos que nos da, pa non dar motivo a que algunes moces del lugar se empeñen en subir al desván con Fariella a ver si lo echen de casa; porque, ése, ye el pretexto; elles, lo que quieren, ye comprometer al mi cuñao, a ver si se queden con la casería. Desde que hoy amaneció, esta casa, ye una romería.

Zátara: ¡Si serán pánfiles eses moces? ¡Claro que ye a lo que tú dices!... ¿Cómo van echar elles al trasgo ése fuera de casa, si pa logralo tienen que haber descalabaciao la cabeza como yo, pa ponese al tanto de los últimos adelantos de la cencia? Y, además, al que te cayó, en suerte, pame que non lo espulguen de esta casa, nin todes les ciencies del mundo. Eso dígotelo yo, que, como sabes, toy especializada en trasgos...

Bárbora: ¿Non sabes el desgusto que me das, Zátara! Pero, ya que te tás aquí, ¿qué pierdes por probar?

Zátara: Non; como perder, nada, a non ser el tiempo. Ahora; que ya que te empeñes, probaré, anque sin esperanza denguna... Por si acaso, voy dexar en este banco la xaramiella, non vaya llevámela el condenáo como la otra vez. Tengo que mirar por el esconxuro éste, porque cuéstame muncho trabayo y tiempo el poder logra-

88

lo. Él, ye capaz de llevámelo, con tal de dexar mal a la cencia…

Bárbora: Entóncenes, ¿non vas probalo con él?

Zátara: Sí, boba; tú, déxame a mí. Pero, ye que hay que ir por partes. Si lo empleara a lo premero, non facía efeuto… Mira, pa entamar, pido i po les buenes que dexe la casa; luego, si non obedez, echo mano de xicala, que llevo en la faltriquera. Y, si tampoco, entós, de la xelima, que llevo en sen. Y, si falla todo esto, ye cuando acudo a la xaramiella… Por eso, la dexo aquí; pos, si la poso dentro, puede llevámela… Tú, déxame a mí, que pondré los cinco sentidos… Ahora, que quién sabe. Como lleva poco tiempo en casa, pudo non i haber tomáo tovía querencia, y dexala a la premera. Si non ye asina, tentrás trasgo pa mientras vivas.

Bárbora: ¡Ay, Dios quiera que non i la haiga tomao! Anda; entra…

Zátara: Espera… Verás… Déxame ir delantre, llevando les manes asina. Pónles tú también, y sígueme… *(La Zátara, después de dejar en el banco la taza, entrará en casa con los brazos extendidos hacia adelante, como en un rito pagano. La seguirá Bárbora, imitándola)*

Escena VI

(Fariella, entra taimadamente por el portillo, y se sienta junto al banco donde está la taza de la bruja. Después de su breve monólogo, quedará dormido)

Fariella: ¡Recontra! Por correr a pescar a Cefero, por poco me pesca la Roxa, que tamién quería ir a echar el trasgo fuera de casa... Pos, lo que ye, ésa, non me pesca... ¡Como si non hubiera trasgos más que en esta casa!... Anda, que vaya por ahí a dar les pates! Bueno; ahora que ya i la furtié, voy ver si duermo un puquiñín, antes de que me vea Bárbora... ¡Qué vaya segar Rita! *(Después de brevísimo tiempo de dormido, despierta sobresaltado, y mira, y va siguiendo con la vista algo que pudiera salir de casa; atravesar la quintana y desaparecer por el portillo)* ¡Recontra, el trasgo!... ¡Ay, mal diaño pa él, si non se atrevió a salir a refrescase!... A ver si lo escuerro pa que non vuelva... *(Coge la taza de la xaramiella, y la lleva brazo en alto cono para arrojarla contra un enemigo, con la que hace mutis por el portillo)*

Escena VII

(La Zátara y Bárbora. Aquélla, que había salido de casa muy confiadamente a buscar la taza, lanza un grito al ver que había desaparecido; y, al oírlo, aparece Bárbora, asustada)

Bárbora: ¿Qué pasa?
Zátara: ¡Qué ese condenao llevóme otra vez la xaramiella!... ¡Ay, ay, ay! ¿Non te lo decía, yo, Bárbora del alma? ¡Ye de lo más travieso que

veno a este mndo!... ¡Ay, probe de mí! ¿Cómo me arreglo ahora en sin ella?... ¿Non te decía yo que había que temelo?

Bárbora: Pero, ¿Por ónde pudo haber salío ese condenáo?

Zátara: ¡Po les puertes del infierno! Lo que ye, que él arreglóse pa llevámela... ¡Ay, ese trasgo sabe hasta latín!... ¡Arreniego del demonio, si vieron los nacidos otro caso ignal!

Bárbora: ¿Habrá dexáu la casa?... ¿Sería que non se atopaba?

Zátara: Con eso, non sueñes. ¡Toy segura que vino a po la xaramiella, y llevóla pa divertise en casa!

Bárbora: ¡Ay, non me lo digas, que dame mal!

Zátara: Más mal me va dar a mí, al alcontrame en sin la xaramiella... ¿Qué faigo yo ahora, sin ese esconxuro, que tantos desvelos me había costao?... ¡Ay, pame que non llego a casa del desgusto!

Bárbora: ¿Quies tomar algo, pa asosegate?

Zátara: Sí, mi neña; que toy temblando como una vara verde... ¿Qué tienes?

Bárbora: Hay agua, hay vino; hay sidra...

Zátara: ¿Y una copiquina de anís, non habrá?

Bárbora: Tamién puede que quede alguna...

Zátara: Pos, ésa, non te la desprecio... ¡Ay, cómo me la xugó ese maldito trasgo! *(Las dos hacen mutis entrando en casa)*

Escena VIII

(Fariella y don Baldomero. Esto, después de un momento de la escena sola, entran por el portillo. Fariella, aparecerá agitado, como de correr)

D. Baldomero: ¡Cómo te engañan, infeliz! ¡Si el trasgo, no existe; es un ser fantástico! Todo lo que dicen de él, son supercherías...

Fariella: Mire, don Baldomero... Usté, non será tan poco espabiláo corno yo; pero, de trasgos, sé más que usté... ¿Non voy creer en una cosa que vi?

D. Baldomero: Alucinaciones, Fariella... Hoy, no debes de estar bien de la cabeza.

Fariella: Pero; si en casa, non había quien aparara tando él... Todo lo escondía; todo lo trastornaba...

D. Baldomero: Todas esas cosas, si no estuvierais tan obcecados, no tendrían nada de extraordinario. Si fuerais a buscar el origen, lo encontraríais, y muy natural. Una llave que se pierde; echamos la culpa al trasgo; pero, luego se da uno cuenta de que la habíamos guardado nosotros, y se nos había ido de la memoria.

Fariella: ¡Ay, don Baldomero; qué lástima me da de usté!... ¡Si acabo de escorrelo yo, hasta casa de la Papuda! ¡Si viera cómo se punso conmigo!...

D. Baldomero: Bueno, anda; está bien... Vamos a dejar eso del trasgo, y hablar de algo más se-

92

rio... Pon ese banco donde haya sombra, para sentarnos.

Fariella: ¿Quier que avise a Bárbora?

D. Baldomero: No; a ésa, ya la veré luego... Siéntate aquí, a mi lado... Pero, no te duermas como acostumbras, que vamos a hablar de cosas muy interesantes.

Fariella: ¿Más que de lo del trasgo?

D. Baldomero: Mira; aunque no será del trasgo precisamente, si será de algo que se relaciona con él... Vamos a ver... No te duermas, ¿eh?

Fariella: Non señor.

D. Baldomero: Bueno; pues yo, en mi cargo de tutor, voy confesarte.

Fariella: ¿En sin rezar premero?

D. Baldomero: Sin rezar... Para esta confesión, no se necesita... Ahora, que lo que sí tendrás que hacer, es examen de conciencia.

Fariella: ¿Cómo se fai eso?

D. Baldomero: No te asustes... Te ayudaré yo... Vamos a ver; en primer lugar, debo de preguntarte una cosa... Tú, ¿tienes interés en casarte?

Fariella: ¡Recontra! ¿Non la voy tener, don Baldomero?... Usté, ¿sabe lo que ye tener una muyer pa que vaya a llindar en llugar de uno?... ¡Si viera la guerra que me dan eses condenades de vaques, que non me dexen dormir!

D. Baldomero: Si solo es por eso, no necesitas de pasar por tan amargo trance... Tus rentas, dan de sobra para pagar a quien te reemplace en el pastoreo.

Fariella: Y, pa que eche en el mi plato todo el tocín y la morciella del pote, como echa Bárbora en el de Cefero.

D. Baldomero: Pensando así, no está mal.

Fariella: Y, pa más tamién... Pa non quedame a vivir con Bárbora, que ye muy mala conmigo. Algunos díes, hasta pégame.

D. Baldomero: Eso, descuida; yo estaré con ella; y no volverá a hacerlo más.

Fariella: ¿Obedecerálo?

D. Baldomero: Sí.

Fariella: Y pa más tamién... Pero, non me atrevo a decilo.

D. Baldomero: Al confesor, no debe de callársele nada.

Fariella: ¡Ay, don Baldomero! ¡Non me atrevo!

D. Baldomero: Bueno; te lo preguntaré yo... ¿Sientes atracción hacia las mujeres?

Fariella: ¿Qué diaño ye eso?

D. Baldomero: ¿No sabes lo que es atracción?... Pues, atracción, es algo que no sé si sabré explicar para que lo entiendas. Es algo así, como... ¿Cómo te diré?... Algo así, como... Vamos a ver, tú, ¿pasaste alguna vez por ante el escaparate de una confitería?

Fariella: Sí señor; munches veces.

D. Baldomero: Muy bien... Y, ¿qué sentiste al ver los pasteles?

Fariella: ¡Qué iba sentir, hom; ganes de comelos! Y, sobre todo, cuando había frutes[1] escarchades.

D. Baldomero: Ésa, es la atracción.

Fariella: Entóncenes, non señor; nunca sentí atraición. Porque, a les mueres, nunca me apeteció comeles.

D. Baldomero: ¡Hombre, no seas salvaje! Aquí, no se trata de antropofagia... Quise decir, si te interesaban; si sentías algo en ti, que te empujara hacia ellas...

Fariella: Como sentilo, non señor. Yo, al menos, nunca lo noté. A mí, les que me embuten hacia elles, son elles mermes... Pero, yo, ya sé que non ye por mí, porque soy medio fato; que ye por la casería...

D. Baldomero: ¿Cómo lo sabes?

Fariella: Díxomelo la costurera.

D. Baldomero: Mira; después hablaremos de esa muchacha... Ahora, vamos a concretar... Dime; de todas esas mozas que te empujan hacia sí, ¿cuál es la que te atrae con más fuerza?

Fariella: Todes.

D. Baldomero: Hombre; eso, no puede ser. Alguna habrá que se destaque por su poder atractivo; por los ojos; por la boca; por el gesto; por la gracia...

Fariella: Non señor; la atraición, ahí, non la tien denguna.

---

[1] Manes

D. Baldomero: ¿Dónde la tienen, entonces?

Fariella: En les manes... En cuantes me ven a soles, arrímense y quieren besame.

D. Baldomero: ¡Ay, Fariella! ¡No sé por qué me parece que no voy a darte la absolución!... Pero, vamos a ver, entre todes, ¿no hay ninguna predilecta?

Fariella: Predi... ¿qué?

D. Baldomero: Predilecta; que te guste más que otra.

Fariella: Ah; ¡sí señor! ¡Ya lo créu!

D. Baldomero: ¿Quién?

Fariella: Fela.

D. Baldomero: ¿Quién es esa chica?

Fariella: La que taba faciendo el traje... ¡Si viera qué guapo i salía!

D. Baldomero: Muy bien. Y esa costurera, ¿te gusta más que la hermana de tu cuñada?

Fariella: Sí señor; muncho más. ¡Non hay comparación!

D. Baldomero: ¿Por qué?

Fariella: Porque cuese muncho mejor que Florina.

D. Baldomero: ¡No hay quien pueda hablar contigo en serio, Fariella!... Pues, Bárbara, me dijo esta mañana, que preferías a Florina.

Fariella: Non; eso, ye una trola como una casa... Además; Florina, ya non tá aquí; acaba de llevala Cefero pa Carbayeda.

D. Baldomero: ¡Qué raro! ¿Sabes por qué?

Fariella: Sí señor… Porque, esta noche que pasó, atrapó Cefero a un mozo en el cuarto délla… ¡Si viera qué mayeta llevó!

D. Baldomero: ¿Es cierto eso?

Fariella: Pero, ¿non i lo cuntó Bárbora?

D. Baldomero: Tu cuñada, no dice más que lo que le conviene… Pero, ¿estás seguro de lo que acabas de decir?

Fariella: ¿Non lo voy tar, hom? ¡Y tamién i les dieron al mozo!… ¿Quier que i lo preguntemos a Bárbora, pa que vea que ye verdá?

D. Baldomero: No; ahora, no; eso, es cosa mía… Bueno, antes de dejarte dormir…

Fariella: Non; dormir, ahora, non puedo.

D. Baldomero: ¿Por qué?

Fariella: Porque, tengo que ir segar.

D. Baldomero: Bueno; pues, antes de dejarte para ir a segar, voy a hacer las últimas preguntas… De modo, que tú, si te casaras, ¿sólo sería con el fin de que te reemplazaran en el pastoreo; de que echaran en tu plato todo el tocino y la morcilla del potaje; de que te hicieran bien la ropa; y, de eso otro que no te atreves a decir; pero, que me atrevo a suponer que será algo por el estilo?

Fariella: Sí, señor. ¿Pa qué más iba ser?

D. Baldomero: Mira; ahora, me sucede lo que a ti; tampoco me atrevo a decirlo… Así, que vamos a dejar ese tema, y dar por terminada la confesión.

Fariella: Entórcenes, ¿ya puedo ir segar?

D. Baldomero: Sí; puedes ir a donde quieras.

Fariella: ¿Non quedrá preguntame más?

D. Baldomero: No; por hoy ya está bien.

Fariella: Pos, entóncenes, hasta más ver, don Baldomero.

D. Baldomero: Adiós, Fariella. *(Fariella, vuelve a coger los adminículos de segar, y hace mutis por el portillo, silbando)*

Escena IX

(Don Baldomero, después Bárbora y la Zátara. Don Baldomero, después de contemplar conmiserativamente a Fariella hasta perderlo de vista, decide entrar en casa; pero, cuando va hacerlo, vuelve hacia atrás, al ver salir a Bárbora y la Zátara)

D. Baldomero: ¿Qué? ¿Estaban conspirando?

Bárbora: Felices, don Baldomero... Non señor; ye que vino la Zátara a esconxurar la casa, a ver si echaba un trasgo que entró ayer.

D. Baldomero: ¡Bah; brujerías!

Zátara: ¡Ay, Dios lo perdone, don Baldomero!... ¿Ye bruxería el facer la guerra a los trasgos?... ¡Ay; usté, tá en pecao mortal!... ¡Non me mate, don Baldomero, por Dios; que ye una cencia como otra cualquiera!

D. Baldomero: ¿Cencia, eh? Y, ¿con qué les haces la guerra? ¿Con anís?... Porque, estoy notando que huele a anís que mete miedo.

Zátara: ¡Ay, ay; usté, non tá en lo que celebra!

Bárbora: Non, don Baldomero; lo del anís, fue pa quitái un desgusto a la Zátara.

D. Baldomero: ¡No sabía yo que también las brujas se disgustaban!

Zátara: ¡Ay, nunca tal oyí! ¿Bruxa yo?

D. Baldomero: Tú, no; Pachín... Bueno; pues, siempre se aprende algo... Pero, vamos a ver, Bárbara, ¿todavía quieres poner a Fariella más tonto de lo que está?... ¿Por qué le metéis esas cosas por la cabeza?

Bárbora: ¿Qué cosas, don Baldomero del alma?

D. Baldomero: Esas majaderías de los trasgos... Acabo de encontrarlo junto a la era del Meruco con esa superchería por obsesión. El pobre, se empeñaba en hacerme creer que había ido corriendo detrás de un trasgo que había salido de esta casa...

Bárbora: ¿Qué diz, don Baldomero de mi alma? Pero, ¿ye verdá que ya marchó el trasgo que tanto nos facía de rabiar?... ¡Ay, casi non lo puedo creer! ¿Será verdá, Zátara?

Zátara: Serálo, serálo... Ye que non debía de atopase en esta casa; y, el condenáu llevóme la xaramiella al marchar...¡Ríase de la mi cencia ahora, don Baldomero! ¡Ríase, ríase; que más me voy reyir yo!

D. Baldomero: ¡No sé por qué me parece que vais a necesitar camisa de fuerza las dos...Bueno; vamos a dejar esas simplezas... Quiero hablar contigo unas palabras, Bárbara...

Zátara: Entóncenes, sobro.

D. Baldomero: ¡Hombre; si ya lograste echar el trago –¡digo, el trasgo! – tú verás. Únicamente puedes quedarte, si aún hay anís.

Zátara: ¡Ay, don Baldomero! ¿Cómo habla asina, porque nunca tuvo un trasgo en casa? ¡Non vaya a creer que fue el anís lo que me traxo aquí!

D. Baldomero: No; el anís, no te habrá traído; pero, me parece que va a ser el que te lleva... ¡Ay que ver, qué moña tienes ya!

Zátara: ¡Ay, nunca tal oyí!... ¿Yo borracha, don Baldomero? ¿Cuándo lo tuve, pa tar ahora? ¡De magar nací, nunca una pesqué!

D. Baldomero: Entonces, debes de haber nacido hay muy pocos días; porque, aún no hace quince que pasaste por delante de mi casa como un péndulo, al que servía de caja de reloj la calleja; y, aún resultaba chica.

Zátara: ¡Hoy, usté tá desmandáu, don Baldomero!... ¡Ay, non quiero oílo más! Vóime, vóime... ¡De los demonios arreniego!... *(Mutis de la Zátara por el portillo, rezongando exclamaciones)*

Escena X
Bárbora y don Baldomero

D. Baldomero: El verdadero trasgo del pueblo, es esa bruja.

Bárbora: ¡Ay, Dios lo perdone, don Baldomero! Yo, tampoco creía en ellos; pero, tuve que convenceme... ¡Ay! Habíasenos metíu uno en casa, que non se podía con él. ¡Nin un menuto nos dexaba en paz!

D. Baldomero: Bueno; pues, si marchó, os dejará... Vamos a ver... Ahora, vamos a hablar de algo más serio... Esta mañana, después de haber estado tú, estuvo a verme Caxina, el padre de la costurera que decías... ¿Es verdad que, a esa chica, las sorprendisteis en el desván, con Fariella?

Bárbora: ¡Non faiga caso, don Baldomero! Non fue más que como yo i dixe... Taba probando i la chaqueta, pero a la puertina de casa... Además; al menuto, ya taba yo allí. Todo eso, non ye más que pa sacar tayada. Ye un cuento de la fía pa comprometer a Fariella; que non sabe cómo enganchalo.

D. Baldomero: No, por eso, no lo compromete ni lo engancha. Fariella, es un anormal; y, por lo tanto, irresponsable.

Bárbora: Entóncenes, ¿non lo obliga a nada?

D. Baldomero: ¡Qué va a obligar!

Bárbora: ¡Ay, gracies a Dios, don Baldomerín de mi alma! ¡Qué peso me quitó de enriba!... ¡Ay, ahora, ya puedo alendar tranquila!

D. Baldomero: Pues, harás mal; porque, no va a terminar ahí la cuestión. Tú tendrás que dejar la casa.

Bárbora: Ay; ¿qué ye lo que diz, don Baldomero?

D. Baldomero: Nada más que lo me oíste... Que tendrás que dejar la casa; para que la ocupe la

familia que va a hacerse cargo de Fariella...
Quiero que ese pobre tenga aquí el cariño que
tú no supiste darle...

Bárbora: Pero, ¿con quién va tar mejor que con el hermano?

D. Baldomero: Si no estuviera casado contigo, sí...

Bárbora: ¡Ay, don Baldomerín de mi alma, que va baldame!

D. Baldomero: Tú lo buscaste.

Bárbora: ¡Ay, qué va echanos a pedir!

D. Baldomero: No lo quisiera... Pero, eso, debiste de haberlo pensado antes... Además; aquí, han pasado cosas que no honran la casa... ¿Dónde está tu hermana?

Bárbora: Ay, ¿ya i fueron con el cuento, don Baldomerín?

D. Baldomero: Ya.

Bárbora: ¿Quién i lo llevó?

D. Baldomero: Es secreto de confesión.

Bárbora: Eso, ye ofender a Florina.

D. Baldomero: ¡Ah; parece que no lo ignoras! Entonces, no es tanto cuento como decías, ¿eh?... Pero, mira; vamos dejar lo de tu hermana a un lado, para no tener que ofenderla más...

Bárbora: Ay, ¿qué va decir, don Baldomerín?

D. Baldomero: Mira; no te acongojes... No tengo interés en perjudicaros; sólo quería meterte un poco de miedo... Si me das palabra de tratar a ese infeliz con el amor que merece por su desgracia; y, además, no olvidas que esta casa es de él, puede seguir todo como estaba... Pero, óyelo bien; es absolutamente necesario que me des palabra de que ha de ser así...

Bárbora: Ay, don Baldomerín de mi alma, vaya descuidao.

D. Baldomero: Quiero que lo trates como madre, no cono madrasta... que no vuelva a saber que lo regañas o que le pegas.

Bárbora: ¡Ay, no tenga cuidao, don Baldomerín!

D. Baldomero: Quiero creerte... Así, que no tengo más que decir... De modo, que no te preocupes por la visita del padre de la costurera, que ya sé lo que he de decirle a él, y hasta a los de otras que posiblemente pasarán por casa también... ¿Conforme?

Bárbora: Sí señor, sí... ¿Non lo voy tar?... ¡Dios i lo pague!

D. Baldomero: Pues, ahora, puedes volver a tus quehaceres, y aquí, no ha pasado nada... Da recuerdos a Cefero y le cuentas el resultado de mi visita. Y, si él quiere ir a verme, será bien recibido.

Bárbora: Sí señor, sí.

D. Baldomero Pues, nada más... Hasta otro día.

Bárbora: Vaiga con Dios, don Baldomerín... *(Bárbora, acompaña servilmante a don Baldomero hasta el portillo, por donde aquél hace mutis)*

Escena XI

(Bárbora; después, Fariella; y, con un breve intervalo, la Papuda, que entrarán por el portillo)

Bárbora: ¡Ay, gracies a Dios que todo se arregló en bien!... ¡Qué coruxía pasé, san Adriano bendito!... ¡Tuvo en un trís el tener que dexar la casería!... ¡Ay, qué feliz voy ser ahora!... Con casería y sin trasgo, voy vivir en la gloria... Tratando bien a Fariella, quedaré aquí pa toda la vida... ¡Ay, asina, ye como yo soñaba!... ¡Ay, como voy gozar con esta tranquilidad!... ¡Qué sosegada vida va ser ésta! *(Se sienta en el banco, y lanza unos cuantos suspiros de satisfacción)* El trasgo, ya tampoco me da más guerra... ¡Ay, consolé; que lo eché de casa! Ese demonio, ya me alterió lo último... *(Cuando más pruebas de satisfacción demuestra, oye gritos y voces fuera de la quintana, que la sobresaltan. Al acercarse al portillo para inquirir la causa, entra Fariella como perro perseguido)* ¿Qué te pasa, Fariellina? ¡Ven aquí, probín! ¡Déxame abrázate!

Fariella: ¿Tamién tú tás lloca, Bárbora?... ¡Non, que vas pégame!... Dexé el goxo y el gadaño por el camín... ¿Tuve que tiralo pa correr!

Bárbora: ¡Qué más da, bobo; ven, que quiérote muncho!... ¿Quién corre tras de ti?

Fariella: La Papuda, que quier pégame... Voy escóndeme... Non i digas ónde toy.

Bárbora: Non, probín; tate tranquilo...

Papuda: ¿Ónde tá ese condenáu?... ¡Ay, si lo pesco, mátolo! ¿Ónde tá?

Bárbora: ¿Quién, neña?

Papuda: El diaño del tu cuñao.

Bárbora: ¡Ay; non sé! ¡Desde de po la mañana, non lo vi...! Pero, ¿qué te fizo, muyer, pa venir asina?

Papuda: ¿Y pregúnteslo, condenada?... ¿Ye asina como pagues el que yo te haiga veníu avisate de que venía en el xergón?

Bárbora: Tú, ¿qué dices, Papuda?

Papuda: ¡Sí, faite la boba!... ¿Non traxiste a la Zátara pa que te lo echara de la tuya? ¿Vas negámelo?

Bárbora: ¡De los demonios arreniego!... Asosiégate, muyer... Yo, sí mandé echar el trasgo de esta casa; pero, non pa que fuera pa la tuya.

Papuda: Y, ¿non pudiste avísame pa tener cerrades puertes y ventanes, pa que non entrara? ¿Non sabíes, que la mía, era la casa más cercana, y que podía ser onde podía metese?

Bárbora: Pero, ¿cómo había avísate, si non supe que saliera, hasta que me lo dixo don Baldomero? Nin la Zátara se dio cuenta tampoco.

Papuda: A mí, non me engañes. Toy segura que fuiste tú la que mandó a Fariella ir escorriéndolo hasta metelo en la mi casa.

Bárbora: Pero, tú, ¿vístelo entrar?

Papuda: Yo, non, que taba muy confiada en que taba aquí; pero, ahora mesmo me lo dixo Fariella, como cosa de risa.

Bárbora: ¡Vaya; tá de Dios, que ese diaño non me dexa en paz, nin tando en casa ajena...! ¡Yo que cuntaba alendar tranquila!

Papuda: Todo eso, ye pa desemular. Bien contenta tás porque lo mandaste pa mi casa... ¡Ay, qué va ser de mí ahora!

Bárbora: Mira, Papuda... De ayer a hoy, non oigo nin veo más que coses sin atadero, que me tienen amoriada del todo. Fáime el favor de non volveme más lloca de lo que toy, que voy reventar como un triquitraque...

Papuda: Tiéneslo merecío, por desagradecida.

Bárbora: Pos, ahora; ya que te pones tan asina, ¡pa qué voy negátelo!... Sí; sí, y sí; con tal de haber echáu al trasgo de casa, ¡alégrome anque haiga entráo en el infierno!

Papuda: Eso, ye dame la razón.

Bárbora: Pos, ¡ya la tienes! *(La Papuda, en arrebato incontenible, se abalanza sobre Bárbora, y se enzarzan a tirarse de los respectivos moños. Al oír el fragor de la lucha, sale de su escondite Fariella, con intención de intervenir; pero, después de dar varias vueltas en torno de las contendientes, sin encontrar el punto débil, se lleva las manos a la cabeza, y empieza a gritar)*

Fariella: ¡Auxilio, vecinos, que se maten!... ¡Ay, ay, ay; todo esto, tráxolo el trasgo! ¡Socorro, vecinooooooos!

TELÓN

CUENTO COSTUMBRISTA

CÓMO SE ELIMINA A LAS BRUJAS DE BUEN CORAZÓN

ELOY F. CARAVERA

PUBLICADO EN *EL COMERCIO*
EL 22 DE ABRIL DE 1973

AVILÉS, ABRIL DE 1973

NOTA DE REDACCIÓN: Ofrecemos este cuento largo, original del que puede ser considerado decano de los escritores avilesinos, don Eloy Fernández Caravera, que popularizó el pseudónimo de 'Paquito Candil', colaborador durante muchos años en la revista *El Bollo* y autor de la novela *Mayita*, muchos de sus episodios desarrollados en los mismos escenarios que se citan en este cuento costumbrista.

El Comercio, 22/04/1973

El alucinante caso que hoy me propongo airear ocurrió al inaugurarse el siglo presente, ¡claro! Para lo mayoría de los lectores, aquellos tiempos serán los de la Nana, en los que los cuentistas sitúan sus mitos. Pero que lo presencié y fui único testigo, les aseguro que ha sido real. ¿Por qué no lo he aireado antes? ¡Ah!, la causa ya se la habrá imaginado el lector y estoy seguro de que me perdonará tanto retraso. Pero hoy ha cambiado la situación; con el desfile de los años se fue erosionando el tabú y ya le he perdido miedo. Por tanto, le airearé.

Como todos los lunes, oficial día de mercado, mi tío Xuacu, que vivía en la costera aldea de Bayas, vino a mi casa de Avilés a dejar su caballo. Lo amarró en el sótano y subió el piso a dar los protocolarios buenos días y a quitarse las polainas. Cuando se disponía a salir me hizo un discreto guiño, invitándome a seguirle. Ya en el jardín. le pregunté alarmado:

— ¿Qué pasa, tío?

— ¿Ven acá, sobrín. ¿Gustaríate estrenar la escopetina que te regalaron el otro día?

— ¡Claro que me gustaría! Pero no puede ser. No tengo licencia, y, además, estamos en tiempo de veda. Si la Guardia Civil la ve, ¡adiós escopeta!

—Non, por esu non te preocupes, neño. La Guardia Cevil, por Bayes, non va más que el día de la romería. Y algunes veces, nin asina.

—Si es así, ¡claro que voy! ¿Qué? ¿Hay mucho tordo por Bayas, tío?

— ¡Qué tordos nin qué que chanfainas! Lo que hay por Bayes son xabariles. A manades; son una plaga.

— ¿Jabalís? ¡Qué ganas tiene de tomarme el pelo, tío! Yo nunca cacé más que gorriones. Y esos, con gomero. Con jabalís, como comprenderá, no me atrevo.

— ¡Nunca te creí tan pocu echáu p'alantre, sobrinín del alma! Si sabes apuntar y tirar de gatillo, ya tá. Mira, en el monte de Anzu, que tá allí pegáu, hay a fartar, y todes les noches salen a fozar les tierres. Acaben con el maíz, con les pataques y con todu. Tú, piénsalu bien y ya verás. De pedir permiso a tu pá encárgome yo. Llévote conmigo n'el caballu y la escopeta, desarmada, dirá en les alforxes, por si topáramos la Guardia Cevil. ¿Qué, sí o non?

— ¡Qué sé yo, tío! Si en lugar de jabalís fueran raposos no lo pensaba más. Pero con los jabalís no me atrevo. Tienen colmillos como navajas y ¡pobre del que encuentran en su camino!

— Babayades, sobrín. Los gochos monteses esos son como oveyes, conociéndolus. Pero, bueno, si tú non vas, envitaré al tu primu, que será más atrevíu que tú.

— ¡Ah, eso sí que no, tío! Cuente conmigo –le dije con rotundidad, por su pinchazo en mi amor propio.

— ¡Asina te quiero ver, neño!

Mi tío, entusiasmado por la decisión, extendió una mano, como acostumbraba hacerlo en el mercado al vender o comprar una vaca, que yo estreché fuertemente, contagiado con su euforia. Así, sellado el pacto, nos separarnos. Él se fue al mercado; yo, a prepararme para la aventura. Descolgué la escopeta y preparé cartuchos. Con éstos llené canana y bolsillos y aún me parecían pocos para los muchos jabalís que iban a ponerse a tiro. Mi tío, al mentar a mi primo, me había convertido en un Tartarín.

Pasada la mañana, y parte de la tarde, regresó mi tío muy satisfecho por los cambalaches hechos en el mercado. Yo le esperaba impaciente. Dispuestos para el viaje, nos despedimos de los de casa y fuimos en busca del caballo. Él, a horcajadas sobre la silla, empuñó las bridas y tomó el mando. Yo, de un salto monté atrás, sobre las ancas, como monosabio en desfile torero. Y luego, ¡hala, en marcha!…

— ¿Vas bien, neñu?

— Como los ángeles, tío.

Como en aquellos tiempos aún no había carretera desde Piedras Blancas a Bayas, en los kilómetros que faltaban de calleja, pasando por Naveces[2] el caballo no trotaba a su aire y el viaje parecía interminable. Pero como todo tiene fin en el mundo, también aquél lo tuvo. Llegamos a casa de mi tío y al apearnos nos dieron –para mí– mala noticia. Mi tía, que había salido a recibirnos, fue la encargada de dárnosla. Una de las vacas que mi tío había dado en 'comuña' a un

---

[2] Eloy Fernández Caravera, desde su infancia, y durante los veranos en el Cueto de Naveces, fue tomado contacto con el bable de la comarca avilesina.

paisano de Panizales, estaba de parto y él tenía que ir a presenciar el acontecimiento, pues estaban en juego sus intereses.

— ¿Atreveráste a ir solo, sobrín? Tu tía tá sola, ye vieya y con reuma y non puede acompañate. Yo tengo que dir a Panizales. ¿Quiés que avise a daquién pa que vaya contigo?

— No, ¡qué va! El miedo, ya sabe, no se hizo para mí –contesté altivo, acordándome de mi primo–. Usted dígame por dónde hay que ir y por dónde pasan los jabalís. Lo demás es de mi cuenta.

— Asina de avispau te quiero ver, neño. Sube conmigo al horro y desde la ponte indicarételo. Lo peor ye que tá oscureciendo y no sé si amugará. Non va arreglásete bien. Y el cariz ye asina, asina…

— No se preocupe; como hay luna, ya me las arreglaré. Y si llueve, me atecharé. Descuide.

— Bueno, pos entós, si no tienes mieu a ná, sígueme, que voy a informate.

Subí tras él al hórreo y desde allí me indicó la ruta a seguir; y también el más estratégico lugar para el acecho. Bien enterado, bajé por la 'saltadera', recogí escopeta y municiones y me puse en marcha, dispuesto al exterminio de todos los jabalíes que hubiera en Anzo.

El lugar para el acecho me pareció muy acertado y tomé posiciones para mi labor exterminadora. Pero, ya preparado, pasaba el tiempo sin poder iniciarla. Por si los jabalíes me habían visto y temían por su suerte, me agazapé tras el tronco de un árbol y seguí esperando. ¡Nada, ni uno quería honrarse con ser mi víctima! Después de varias horas, y amargado por el deprimente fracaso, me incorporé para regresar a casa de mi tío. Sólo en este momento advertí que llovinazba y que por el cielo navegaban hoscas nubes. Por miedo a mojar la escopeta –no a mí– empecé a correr y, cuando ya había corrido unos metros, un rayo iluminó el contorno y su correspondiente trueno hizo trepidar el terreno que pisaba. Seguidamente, una racha de viento me obligó a sujetar mi boina para que no volara. ¡Ya estaba la tormenta encima y había que redoblar la marcha para atecharse! Como la casa de mi tío aún estaba lejos, cambié de rumbo y me dirigí al Llagarín, un viejo y destartalado cobertizo, antiguamente lagar y entonces depósito de aperos de labranza fuera de uso, leña y 'yestro' para el corral. Dicho Llagarín era también de mi tío; estaba en el centro de un prado, cerca de la calleja por donde corría. La lluvia se había intensificado y el viento arreciaba y la luna había cortado gas, alumbrando menos. Urgía ponerse bajo techo y, una vez en el prado, aumentó aún más la velocidad. De pronto, y cuando iba embalado, noté algo voluminoso que volaba sobre mi cabeza. Por la oscuridad, no me fue posible identificarlo. ¿Una lechuza? No, era demasiado grande para ser tal ave. Pese a la oscuridad pude seguirlo con la vista, y quedé pasmado al verlo internarse en el cobijo que yo tenía por meta. Sufrí un respingo y me detuve a reflexionar. Mi valor había descendido unos cuantos grados. Pensé en mi primo y en su reacción en tal caso. No me cabía duda de que desistiera de ir a hacerles compañía y cambiaría de rumbo. Así hice, desafiando el temporal. Pero cuando me iba alejando, otro objeto volador como el primero pasó también sobre mí y se internó en el mismo cobertizo. Nueva parada y nueva reflexión. Si no eran lechuzas, ¿qué otra ave nocturna podía ser de tamaño tan colosal?

Fueran lo que fueran, a lo que vuela no había por qué tener miedo. Prepararé la escopeta y a ver qué pasaba. Tomada esta decisión, muy ufano reemprendí la marcha hacia el Llagarín. Pero cuando ya estaba muy cerca, otro bulto parecido a los anteriores pasó también sobre mí. ¿Qué clase de tan misteriosos bichos serían aquellos? Un relámpago muy oportuno despejó la incógnita. Lo que volara últimamente sobre mí era una bruja. Una bruja a caballo de escoba. Seguramente las dos anteriores también lo eran. Nuevos relámpagos, que se sucedían en cadena, me permitieron ver aterrizar a la última, dar unos saltitos obligada por la inercia, e internarse por el portón. Perplejo, volví a detenerme y a reflexionar de nuevo. Para enfrentarme a las brujas sabía que era mejor un hisopo con agua bendita que una escopeta. Pero como no tenía a mano aquél, me hice la señal de la cruz, por si valiera para protegerme. ¿Qué haría mi primo en tal caso? Seguro de superarlo en valentía, decidí presentarme ante las brujas. Cuando me aproximaba al Llagarín oí palabras como moduladas por loros y noté un rectángulo de luz fosforescente que, sobre el suelo, proyectaba el portón. A pesar de la osada decisión que había tomado, no me atreví a entrar. Recatadamente, y muy despacito, empecé a dar una vuelta alrededor del local para ver si lograba algún informe sin exponerme mucho. En una de las paredes había un hueco por faltar un ladrillo. ¡Qué gran observatorio era aquel! Después de unos momentos de duda pude mirar y escuché. Lo que tenía ante mis ojos era algo así como un capricho de Goya. Unas cuantas brujas, en cuclillas, formaban tres o cuatro filas ante el que parecía presidir el acto. Éste, sentado sobre un cesto boca abajo, tenía forma de hombre, pero con cuernos, y su parte inferior era como un chivo. Las brujas, al dirigirse a él, lo llamaban Diaño. Las brujas debían ser de muy diversa posición social, por el modo de vestir. Unas, andrajosas. Otras, lujosas. Pero todas con el característico perfil de brujas. Nariz casi unida a la barbilla, como pinza de bogavante o llocántaro, y bigotudas. ¿Sería una visión? No, me pasaba la mano por los ojos y estaba bien despierto. ¡Qué cuadro!

Ya debía de haber tiempo que empezara el alucinante acto porque vi al que hacía de presidente ponerse en pie –o pezuña– y le oí hablar, con dirección a las brujas:

Diaño: Bueno, aprobada el acta del anterior aquelarre anterior, celebrado en Villardobeyo, pasaremos al presente. En primer lugar os diré que, según mis informes, no todas cumplisteis lo ordenado en aquél. Lamento citar nombres, para mi muy respetables todos, pero el cargo me

117

obliga. A ver, la primera acusada es la Patuxa. ¿Por qué el cerdo de la Zancaya[3] sigue tan hermoso y sano como cuando se te ordenó ojearlo? Ponte en pie y contesta.

Patuxa: ¡Ay, mi Diañín del alma! Yo fice todo lo que pude por agüéyalo, pero esa condenada Zancaya tiénlo protegíu por San Antón, al que todos los domingos da munches limosnes. Y, claro, el santo, agradecíu, puedo más que yo.

Diaño: Esa contestación te deshonra, Patuxa. No es propia de brujas de tu categoría. Si todas acotáis con santos y os dais por vencidas, tendremos que cambiar de profesión. Mira, espera un descuido del santo y aprovéchalo para cumplir tu deber. Si no, bien sabes cómo acabaron otras. Hay que perseverar,

Patuxa: Por ganes non quedará, Diañín. Pero, asina y todo, non sé por qué me parez que el gocho ese va dir ganando arrobes pa San Martín. –Y dirigiéndose a una de las brujas que se reía añadió: ¿De qué se ríe esa melandro de marquesa?

Marquesa: Perdona, Patuxa, pero es que dijiste gocho, en lugar de cerdo. Gocho suena mal.

Patuxa: Eso será en la tu ciudá. Aquí, cerdo sonaría tan mal como gocho allá. Tú, porque lleves muncho sombrero y perendengues y girindola, non me achiques. Aquí todes somos bruxes. ¡Metomentodo!

---

[3] Hay una vecina con ese nombre que sale en su comedia *El trasgo* (1944) y también en *La cerezal de Balba* (1944)

Marquesa: Más respeto, que soy una señora. Mi familia es noble y tiene como blasón en su escudo un estandarte al lado de un castillo.

Patuxa: ¿Un estandarte el lláu de un castillo? ¡Non me faigas reír! ¿Non será un pendón al lláu de un balago de yerba?

Marquesa: ¿Qué quieres insinuar? ¿Que soy un…? Eso lo serás tú, desvergonzada.

Patuxa: ¡Sí, claro que lo soy, y a muncha honra! Fuéronlo mi güela y mi má, sóilo yo, y tamién la mi fía y la mi nieta. Por nosotres non se perderá el mal nombre que tenemos.

Marquesa: ¡Ay, ay, lo que hay que oír por gozar del honor de ser bruja! ¡Si no fuera por ensuciar las manos!…

Patuxa: Si non fuera por eso, ¿qué?

Diaño: ¿Qué va a ser esto? Tener en cuenta que no estamos en un congreso de damas de postín. Así que silencio y sentarse. Y más respeto a los presentes.

Patuxa: Obedeceréte, mi Diañín. Pero esa marquesona que me bese aquí –y levantando su remendado refajo se dio unes palmadas en las nalgas–. Y si non, que no se meta ú no la llamen.

Diaño: *(Haciendo esfuerzos por contener la risa)* He dicho silencio, Patuxa. Y si no te callas, te vas a tomar el fresco. No quiero espectáculos que nos degradan. Y ahora vamos con la segunda acusada. ¿Qué nos dice la Coría de su misión incumplida. ¿Por qué la ternera que tenías que aojar, por ahí anda, más lozana y más retozona que nunca?

Coría: Non lo niegu, y bien que me duel, Diaño. Pero a esa xatina non hay quien la agüeye. Cuando Güesinos[4], que ye el amu, la saca a pastiar, non oí más que flores pa la xata. Todos dicen: "Que Dios te la guarde, Güesinos." Y, claro, si tá guardá por Dios, ¿qué pinto yo allí?

Diaño: Tus razones tienen cierto peso, Coría, pero, ¿y si eso que crees es sólo un parecer? Sigue intentándolo, que otras, en caso parecido, tuvieron éxito. Es un crimen que se salve tal ternera, que es una maravilla, ¡A ver!

Coría: Descuida, que por inténtalo non quedará. ¡Xúrolo!

Diaño: Tus compañeras te lo agradecerán. Ten en cuenta que las brujas, nunca se dan por vencidas. Ser bruja es algo serio. Hay que tener fe en el ideal. Para bruja no vale cualquiera. Sí, las hay que se titulan brujas, pero no lo son. Porque esas sólo van a su interés. Sé de muchas que se anuncian a bombo y platillo y que se dedican a echar las cartas, a pasar el agua, a sobar bolas de cristal y acariciar búhos de ojos siniestros. Pero todo eso es comedia para engañar a los que demandan servicios. Eses son intrusas que empañan nuestro clan.

---

[4] Un personaje llamado Güesinos, gaitero, aparece en su comedia *Romera* (1944)

Coría: Bueno, eso de los bruxes de pega non irá por mí, ¿eh?

Diaño: Ten por seguro que no. Es que aproveché la ocasión para que la bala rebote en ti y siga otro rumbo, donde pueda tener éxito. A ti, ya sabes que se te aprecia. Queda tranquila... Bueno, ahora cambiemos la hoja. Seguiremos investigando. ¿Qué nos dice la Condesa de la Xirán[5] del coche del Marqués del Marapico? Según mis informes, ese coche sigue tan provocador como antes de ordenarte descacharrarlo. El coche no puede seguir siendo la envidia de los que no tienen con qué para comprar otro tan caro.

Condesa: Sí, ya sé que iba a ser una de las encartadas en el aquelarre de hoy. Pues... ese coche sigue así porque está protegido por un San Cristóbal, que lleva en el salpicadero. Y, además, está bendito por alta dignidad eclesiástica y, claro, hay cierta resistencia. Pero seguiré en la brecha. Yo no me desanimo. Soy bruja cien por cien.

Diaño: Así te quiero yo. Prosigue y que pronto pueda darte la enhorabuena, condesa.

Y fijándose en una de las brujas, en actitud de pedir la palabra, cambió de tono y preguntó:

— ¿Qué te pasa, Caspiaya?

---

[5] Fariella en *El trasgo* (1944) va a segar al prado de la Xirán.

Caspiaya: Quería decir, si es que me que me das permiso, que yo, por propia iniciativa, hice una de las gordas. El alcalde de mi pueblo quiso cobrarme arbitrios por la escoba. Según él, era un vehículo y tenía que pagar impuestos como otro cualquiera. Protesté y le eché una maldición. Al día siguiente quedó baldado. ¿Hice bien?

Diaño: Tan bien que constará en acta y el hecho honrará tu ficha. Un gran ejemplo para las abúlicas. Ese es el camino para llegar a ser una buena bruja. ¿Qué? ¿Qué es lo que te pasa a ti, Gurriapa? –Interrogó a otra de las brujas que también hacía ademanes de querer hablar.

Guariapa: Que yo hice también algo como la Caspiaya. ¿Interesa el caso?

Diaño: Sí, pero sé breve, que el tiempo apremia y aún quedan varias encartadas en la lista. A ver...

Guariapa: En mi pueblo había, y hay, un señor ochentón que andaba todos los días muchos kilómetros[6], como un chaval. Presumía de no cansarse. A mí me daba rabia verlo con tanta soltura y lo aojé. Hoy tiene una ciática y ve las estrellas; cojea y se apoya, para pasear, en un bastón. Y lo de caminar mucho ya, ¡na nay! ¿No estuvo bien?

---

[6] Es una autoreferencia al propio autor avilesino.

122

Diaño: Requetebién. Y todo lo que dije a la Caspiaya vale para ti. Te felicito. Pero, ¡bueno!, me doy cuenta de que están al sonar las doce campanadas y con la última hay que tomar las de Villadiego. Por tanto, de les que faltan sólo enjuiciaremos a una. Las otras las dejaremos para otra tanda. A ver, Zátara[7]; tu caso es grave, muy grave. ¿Por qué el niño de la Lola[8], al que no pueden proteger los santos por ser atea su madre, sigue tan hermoso y tan admirado por todo el pueblo? ¿Por qué no hiciste por enfermarlo, como se te había ordenado?

Zátara: ¡Non sé qué contestate, mi Diañín del alma! Sí, pero la verdá ye que munches veces púnxeme a ello, pero volvíame atrás. Veíalo en brazos de la madre tan arrecachadín y guapo que dábame lástima desfacer aquella flor, porque era como una floriquina primaveral. Y la madre, con los güeyos amorosos, puestos en él, que temí se volviera lloca al velo malo. De veres, Diañín, partiáseme el corazón.

Diaño: ¿Cómo, qué corazón? Las brujas no lo tienen. Y si lo tienen, ha de ser malo.

Zátara: Ya lo sé. Pero, ¿qué queréis que faiga si nací con él asina?

Diaño: Pues renunciar a ser bruja. Y desde este momento, ¡fíjate bien!, dejas de serlo. Lo siento,

---

[7] Hay una esconxuradora con ese nombre en su comedia *El trasgo* (1944)

[8] En *Xuana, la texedora* (1943) la Mujer 1.ª trae a Cefera un niño víctima del mal de ojo.

Zatarina, porque siempre te he querido. Pero si las aquí presentes aprueban la sanción…

Brujas a coro: ¡Aprobada!

Diaño: Pues no hay más que decir. El reglamento de nuestra orden es inflexible. Desde ahora no cuentes con nuestra protección, ni disfrutarás de las atribuciones inherentes a toda bruja. Eres libre de obrar como te parezca y deseo que seas muy feliz… Bueno, empezó a sonar el reloj y se acabó el presente acto. Para el próximo, que se celebrará en Bañugues, se avisará a domicilio. Malas noches y hasta entonces.

El Diaño, como movido por un resorte, se puso en pie –mejor dicho, en pezuña– y pezuñeando presuntuoso, seguro de verse admirado, abandonó el local. Las brujas, atropellándose para ver cuál iba a estar más cerca de él al despedirlo, lo siguieron empujándose y armando gran algarabía. La única que quedaba en su sitio era la Zátara, muda y en actitud desconsuelo. Yo, acuciado por la oscuridad, corrí agazapándome en las sombras para ver cómo las brujas despegaban en sus escobas. Cada una cogió la suya, se puso a caballo de ella y, sin previo calentamiento de motor ni correr por pista alguna, iban remontando vuelo en distintas direcciones. Al desaparecer la última se apagó la siniestra luz del local.

Intrigado por lo que pudiera acontecerle a la pobre Zátara, esperé su salida. Al poco tiempo la vi ir revelándose en el fondo oscuro del Llagarín. Andaba lentamente y arrastrando los pies, como preocupada.

Con desgana cogió la única escoba que quedaba en la puerta y se dispuso a emprender el vuelo. Pero tal vehículo no se movía. Intranquila, intentó ponerla en marcha dando unos cuantos saltitos, pero la escoba no obedecía, no despegaba. La pobre Zátara estaba sufriendo y la oí lanzar tacos aptos para no publicar. Cuando ya iba a renunciar al vuelo su escoba vibró y se puso en marcha. Pero aquella marcha era muy irregular, de mal augurio por los muchos baches y tambaleos que sufría. La seguí con la vista todo el tiempo que la luz de la luna me lo permitió y la vi desaparecer rumbo al mar, seguramente para orientarse.

Mentalmente deseé suerte a la infeliz proscrita y retorné a casa do mi tío. Seguía lloviendo, pero como ya estaba como una sopa, no le daba importancia al agua. En la puerta, y alumbrándose con un tenebroso candil, me esperaba, haciendo grandes aspavientos, mi tía:

— ¡Ay, cómo vienes, mi niñín del alma! Hoy, de seguro que vas a coyer algo. ¡Lo que recé por ti! Y tanta moyadura, ¿pa qué? ¡Non tráis ni un mal xabaril! Anda, anda, non contestes y entra. Pon ropa de tu tío o métete en la cama a sudar. Tu tío tovía non vino de Panizales. ¡Ay, qué Dios non te dexe de su mano!

Ya llevaba varios días en mi casa, donde sólo conté el fracaso cinegético y la gran mojadura (de lo del aquelarre, ni pío), cuando leí en *El Diario de Avilés* la siguiente gacetilla: "Varias lecheras de Bayas que iban con su mercancía a San Juan de la Arena, encontraron en la playa del Sablón el cadáver de una mujer vieja que tenía en sus manos una escoba."

Instintivamente, me quité la boina y a continuación recé un Padrenuestto por alma de la desgraciada Zátara, presunta víctima por su buen corazón,

Como habrán apreciado los que tuvieron la paciencia de leer lo aireado, aún sigue fresco en mi memoria el alucinante caso dicho. ¡Ha sido tan fuerte el impacto! Pero, lo que más me ha hecho sufrir en tantos años de silencio no fue el atreverme a revelar lo del aquelarre, sino el vuelo misterioso de escobas. ¿Qué desconocido energético la impulsaba?

¡Ay, el día que la Física desentrañe ese misterio, adiós a la contaminación atmosférica, a los ruidos, a la carestía de los viajes y al carnet de conducir! Merece la pena poner manos a la obra, ¿verdad, sabios de todo el mundo?

Este libreto de "El trasgo" está depositado
en el Museo del Pueblo de Asturias,
y pertenece al fondo de
José Manuel Rodríguez 'El Playu'

ÍNDICE

El trasgo..9

Cómo se elimina a las brujas de buen corazón.......107

www.ingramcontent.com/pod-product-compliance
Lightning Source LLC
Chambersburg PA
CBHW070753120626
46557CB00002B/579